ESSENCES ET PARFUMS

Anny Duperey est comédienne de théâtre et de cinéma. Elle est également l'auteur de romans aux éditions du Seuil, notamment des *Chats de hasard* (1999), *Allons voir plus loin, veux-tu ?* (2002) et *Une soirée* (2005).

Anny Duperey

ESSENCES ET PARFUMS

Textes choisis

Éditions Ramsay

TEXTE INTÉGRAL

ISBN 978-2-7578-0191-8
(ISBN 2-84114-714-2, 1re publication)

Sommaire

Préface d'Anny Duperey

L'odorat est le plus mystérieux de nos sens. Il est le premier, peut-être, à nous attacher au monde. L'enfant, on le sait, perçoit des sons à travers le liquide amniotique, se familiarise avec les voix lointaines de son entourage. Lors du grand choc de la naissance, il sent si on le manipule avec douceur ou brutalité – la plupart du temps par des mains qui ne sont pas celles de sa mère ou de son père. Il ne distingue rien encore, qu'une grande lueur mêlée d'ombres mouvantes. Et puis, au milieu de tout ce charivari d'impressions violentes, quelque chose de doux, de non palpable, de non bruyant, quelque chose qui ne peut pas blesser, pénètre subtilement son être et ouvre l'affectivité : l'odeur de sa mère. C'est elle qui noue les premiers liens.

C'est pourquoi, je pense, l'odorat sera toujours en avance sur l'observation, le goût, le dégoût, et même l'intelligence. Le nez n'est-il pas placé, comme par hasard, à la proue du corps, devant les yeux et les oreilles ? Il « marche » devant nous, en première ligne, pourrait-on dire. Il nous renseigne sur les choses, les endroits, les gens que nous appréhendons, de la manière la plus directe, la plus animale. On ne peut analyser, raisonner l'odorat : il est un radar sauvage – un radar que nous n'écoutons pas toujours mais dont nous sommes bien obligés de subir les informations.

Au-delà des odeurs facilement reconnaissables, séduisantes ou répugnantes, ce sens détermine peut-être nombre de nos attirances ou antipathies, détectant des effluves cachés, captant ces fameuses phéromones difficiles à identifier.

Notre vocabulaire est plein d'expressions qui font référence à l'odorat pour dire d'instinctives perceptions – « c'est curieux, je ne peux pas sentir Untel », « ce projet fleure bon », « dans cette affaire j'ai eu du nez ». Sans parler d'avoir quelque chose « dans le pif » ou d'être « en odeur de sainteté ».

Je pense que si la vue est l'instrument par excellence de l'objectivité, l'odorat est celui de nos sens le plus en prise avec l'inconscient. C'est pourquoi son pouvoir est immense, encore indéfini, étrangement puissant – notamment sur le fonctionnement de la mémoire.

J'en ai eu personnellement un bouleversant exemple.

Ayant perdu brutalement mes deux parents à l'âge de huit ans, le traumatisme a effacé en moi tout souvenir d'avant. Il ne me restait rien ni des lieux, ni des visages, ni des événements. Un trou noir absolu qui me laissait la douloureuse impression d'être née le jour de leur mort.

Mon père était photographe. Vers ma trentième année, je m'essayai moi-même à la photographie en noir et blanc et installai un petit laboratoire dans ma salle de bains. J'achetai des produits pour le développement des pellicules...

Lorsque j'ouvris le flacon de fixateur, j'eus un choc – je revis tout à coup le réduit où travaillait mon père, les cuves, les objets, la lumière rouge au-dessus des papiers.

L'odeur si particulière de l'hyposulfite avait opéré le miracle de me rendre quelques secondes d'enfance.

Je vous laisse avec ce monde magique des parfums. Enivrez-vous de ces textes magnifiques ! Les auteurs se surpassent lorsqu'il s'agit de mettre en mots l'inexprimable...

Essences charnelles

Troisième poème

Le Poète

Qu'est-ce là qui monte du désert,
comme une colonne de fumée,
vapeur de myrrhe et d'encens
et de tous parfums exotiques ?

Voici la litière de Salomon.
Soixante preux l'entourent,
élite des preux d'Israël :
tous experts à manier l'épée,
vétérans des combats.
Chacun a le glaive au côté,
craignant les surprises de la nuit.

Le roi Salomon
s'est fait un palanquin
en bois du Liban.
Il en a fait les colonnes d'argent,
le baldaquin d'or,
le siège de pourpre.
Le fond est une marqueterie d'ébène.

Venez contempler,
filles de Sion,
le roi Salomon,
avec le diadème dont sa mère l'a couronné
au jour de ses épousailles,
au jour de la joie de son cœur.

Le Bien-aimé

Que tu es belle, ma bien-aimée,
que tu es belle !
Tes yeux sont des colombes,

derrière ton voile,
tes cheveux comme un troupeau de
[chèvres,
ondulant sur les pentes du mont Galaad.
Tes dents, un troupeau de brebis à tondre
qui remontent du bain.
Chacune a sa jumelle
et nulle n'en est privée.
Tes lèvres, un fil d'écarlate,
et tes discours sont ravissants.
Tes joues, des moitiés de grenades,
derrière ton voile.
Ton cou, la tour de David,
bâtie par assises.
Mille rondaches y sont suspendues,
tous les boucliers des preux.
Tes deux seins, deux faons,
jumeaux d'une gazelle,
qui paissent parmi les lis.

Avant que souffle la brise du jour
et que s'enfuient les ombres,
j'irais à la montagne de la myrrhe,
à la colline de l'encens.

Tu es toute belle, ma bien-aimée,
et sans tache aucune !
Viens du Liban, Ô fiancée,
viens du Liban, fais ton entrée.
Abaisse tes regards, des cimes de l'Amana,
des cimes du Sanir et de l'Hermon,
repaire des lions,
montagnes des léopards.

Tu me fais perdre le sens,
ma sœur, ô fiancée,
tu me fais perdre le sens
par un seul de tes regards,
par un anneau de ton collier !
Que ton amour a de charmes,
ma sœur, ô fiancée.
Que ton amour est délicieux, plus que le
[vin !
Et l'arôme de tes parfums,
plus que tous les baumes !
Tes lèvres, ô fiancée,
distillent le miel vierge.
Le miel et le lait
sont sous ta langue ;
et le parfum de tes vêtements
est comme le parfum du Liban.

Elle est un jardin bien clos,
ma sœur, ô fiancée ;
un jardin bien clos,
une source scellée.
Tes jets font un verger de grenadiers,
avec les fruits les plus exquis :
le nard et la safran,
le roseau odorant et le cinnamome,
avec tous les arbres à encens ;
la myrrhe et l'aloès,
avec les plus fins arômes.
Source des jardins,
puits d'eaux vives,
ruissellement du Liban !

La Bien-aimée

Lève-toi, aquilon
accours, autan !
Soufflez sur mon jardin,
qu'il distille ses aromates !
Que mon bien-aimé entre dans son jardin,
et qu'il en goûte les fruits délicieux !

Le Bien-aimé

J'entre dans mon jardin
ma sœur, ô fiancée,
je récolte ma myrrhe et mon baume,
je mange mon miel et mon rayon,
je bois mon vin et mon lait.

Mangez, amis, buvez,
Enivrez-vous mes biens-aimés !

Le Cantique des cantiques

Ne t'étonne pas, Rufus, qu'aucune femme ne veuille étendre sous ton corps sa cuisse délicate, même si tu l'ébranlais en lui offrant une étoffe rare ou une pierre précieuse de la plus parfaite transparence. Ce qui te fait tort, c'est certain mauvais bruit qui prétend qu'au creux de tes aisselles loge un bouc redoutable. Tout le monde en a peur. Rien là d'étonnant : c'est une très mauvaise bête, avec laquelle aucune jolie femme ne voudrait coucher. Ainsi détruis ce cruel fléau des narines ou cesse de t'étonner que tu mettes les gens en fuite.

CATULLE

S'il est un homme digne que le maudit bouc de ses aisselles mette obstacle à ses plaisirs, s'il en est un qui mérite que la goutte qui ralentit le déchire, c'est bien ton rival, qui, en faisant l'amour avec celle qui vous est commune, a, grâce à toi, réuni miraculeusement l'un et l'autre mal. Car autant de fois il la baise, autant de fois ils en sont punis tous les deux : il l'infecte de son odeur ; et lui, la goutte le tue.

CATULLE

Flavius, si celle qui fait tes délices ne manquait de charme et de grâce, tu voudrais en parler à Catulle, tu ne pourrais te taire. Mais tu aimes je ne sais quelle catin fiévreuse ; voilà ce que tu rougis d'avouer. Car tu ne passes pas tes nuits dans le veuvage ; ta couche a beau être muette, elle le crie, tant elle embaume les guirlandes et l'huile de Syrie ; et aussi ces coussins, l'un et l'autre également foulés, ce lit branlant, disloqué, qui craque et va et vient. Non, il ne sert à rien de taire ses débauches, à rien. Pourquoi ? Tu n'étalerais pas des flancs aussi épuisés si tu ne faisais pas des sottises. Ainsi, que tu sois heureux ou malheureux, dis-le-moi ; je veux vous porter aux nues, toi et tes amours, dans de jolis vers.

CATULLE, *Poésies*.

Marie, que je sers en trop cruel destin,
Quand d'un baiser d'amour vostre bouche me baise
Je suis tout esperdu, tant le cœur me bat d'aise :
Entre vos doux baisers puissé-je prendre fin.

Il sort de vostre bouche un doux flair qui le thin,
Le josmin et l'œillet la framboise et la fraise
Surpasse de douceur, tant une douce braise
Vient de la bouche au cœur par un nouveau chemin.

Il sort de vostre sein une odoreuse haleine
(Je meurs en y pensant) de parfum toute pleine,
Digne d'aller au ciel embasmer Jupiter.

Mais quand toute mon ame en plaisir se consomme
Mourant dessus vos yeux, lors pour me despiter
Vous fuyez de mon col pour baiser un jeune homme.

RONSARD, *Amours.*

Vous estes le bouquet de vostre bouquet mesme,
Et la fleur de sa fleur, sa grace et sa verdeur,
De vostre douce haleine il a pris son odeur :
Il est comme je suis de vostre amour tout blesme.

Ma Dame, voyez donc, puisqu'un bouquet vous aime,
Indigne de juger que peut vostre valeur,
Combien doy-je sentir en l'ame de douleur,
Qui sers par jugement vostre excellence extréme ?

Mais ainsi qu'un bouquet se flestrit en un jour,
J'ay peur qu'un mesme jour flestrisse vostre amour.
Toute amitié de femme est soudain effacée.

Advienne le destin comme il pourra venir,
Il ne peut de vos yeux m'oster le souvenir :
Il faudroit m'arracher le cœur et la pensee.

RONSARD, *Sonnets pour Hélène.*

C'était l'heure du bain ; Cléopâtre s'y rendit avec ses femmes.

Les bains de Cléopâtre étaient bâtis dans de vastes jardins remplis de mimosas, de caroubiers, d'aloès, de citronniers, de pommiers persiques, dont la fraîcheur luxuriante faisait un délicieux contraste avec l'aridité des environs ; d'immenses terrasses soutenaient des massifs de verdure et faisaient monter les fleurs jusqu'au ciel par de gigantesques escaliers de granit rose ; des vases de marbre pentélique s'épanouissaient comme de grands lis au bord de chaque rampe, et les plantes qu'ils contenaient ne semblaient que leurs pistils ; des chimères caressées par le ciseau des plus habiles sculpteurs grecs, et d'une physionomie moins rébarbative que les sphinx égyptiens avec leur mine renfrognée et leur attitude morose, étaient couchées mollement sur le gazon tout piqué de fleurs, comme de sveltes levrettes blanches sur un tapis de salon : c'étaient de charmantes figures de femme, le nez droit, le front uni, la bouche petite, les bras délicatement potelés, la gorge ronde et pure, avec des boucles d'oreilles, des colliers et des ajustements d'un caprice adorable, se bifurquant en queue de poisson comme la femme dont parle Horace, se déployant en aile d'oiseau, s'arrondissant en croupe de lionne, se contournant en volute de feuillage, selon la fantaisie de l'artiste ou les convenances de la position architecturale : – une double rangée de ces délicieux monstres bordait l'allée qui conduisait du palais à la salle.

Au bout de cette allée, on trouvait un large bassin avec quatre escaliers de porphyre ; à travers la transparence de l'eau diamantée on voyait les marches descendre jusqu'au fond sablé de poudre d'or ; des femmes terminées en gaine comme des cariatides faisaient jaillir de leurs mamelles un filet d'eau parfumée qui retombait dans le bassin en rosée d'argent, et en picotait le clair miroir de ses gouttelettes grésillantes. Outre cet emploi, ces cariatides avaient encore celui de porter sur leur tête un entablement orné de néréides et de tritons en bas-relief et muni d'anneau de bronze pour attacher les cordes de soie du vélarium. Au-delà du portique l'on apercevait des verdures humides et bleuâtres, des fraîcheurs ombreuses, un morceau de la vallée de Tempé transporté en Égypte. Les fameux jardins de Sémiramis n'étaient rien auprès de cela.

Nous ne parlerons pas de sept ou huit autres salles de différentes températures, avec leur vapeur chaude ou froide, leurs boîtes de parfums, leurs cosmétiques, leurs huiles, leurs pierres ponces, leurs gantelets de crin, et tous les raffinements de l'art balnéatoire antique poussé à un si haut degré de volupté et de raffinement.

Cléopâtre arriva, la main sur l'épaule de Charmion ; elle avait fait au moins trente pas toute seule ! grand effort ! fatigue énorme ! Un léger nuage rose se répandait sous la peau transparente de ses joues, en rafraîchissait la pâleur passionnée ; ses tempes blondes comme l'ambre laissaient voir un réseau de veines bleues ; son front uni, peu élevé comme les fronts antiques, mais d'une rondeur et d'une forme parfaites, s'unissait par une ligne irréprochable à un nez sévère et droit, en façon de camée, coupé de narines roses et palpitantes à la moindre émotion, comme les naseaux d'une tigresse amoureuse, la bouche petite, ronde, très rapprochée du nez, avait la lèvre dédaigneusement arquée ; mais une volupté effrénée, une ardeur de vie incroyable rayonnait dans le rouge éclat et dans le lustre humide de la lèvre inférieure. Ses yeux avaient des paupières étroites, des sourcils minces et presque sans inflexion. Nous n'essayerons pas d'en donner une idée ; c'était un feu, une langueur, une limpidité étincelante à faire tourner la tête de chien d'Anubis lui-même ; chaque regard de ses yeux était un poème supérieur à ceux d'Homère ou de Mimnerme ; un menton impérial, plein de force et de domination, terminait dignement ce charmant profil.

Elle se tenait debout sur la première marche du bassin, dans une attitude pleine de grâce et de fierté ; légèrement cambrée en arrière, le pied suspendu comme une déesse qui va quitter son piédestal et dont le regard est encore au ciel ; deux plis superbes partaient des pointes de sa gorge et filaient d'un seul jet jusqu'à terre. Cléomène, s'il eût été son contemporain et s'il eût pu la voir, aurait brisé sa Vénus de dépit.

Avant d'entrer dans l'eau, par un nouveau caprice, elle dit à Charmion de lui changer sa coiffure à résilles d'argent ; elle aimait mieux une couronne de fleurs de lotus avec des joncs, comme une divinité marine. Charmion obéit ; – ses cheveux délivrés coulèrent en cascades noires sur ses épaules, et pendirent en grappes comme des raisins mûrs au long de ses belles joues.

Puis la tunique de lin, retenue seulement par une agrafe d'or, se détacha, glissa au long de son corps de marbre, et s'abattit en blanc nuage à ses pieds comme le cygne aux pieds de Léda…

THÉOPHILE GAUTIER, « Une nuit de Cléopâtre ».

Laisse-moi !

Non, laisse-moi, je t'en supplie ;
En vain, si jeune et si jolie,
Tu voudrais ranimer mon cœur :
Ne vois-tu pas, à ma tristesse,
Que mon front pâle et sans jeunesse
Ne doit plus sourire au bonheur ?

Quand l'hiver aux froides haleines
Des fleurs qui brillent dans nos plaines
Glace le sein épanoui,
Qui peut rendre à la feuille morte
Ses parfums qui la brise emporte
Et son éclat évanoui !

Oh ! si je t'avais rencontrée
Alors que mon âme enivrée
Palpitait de vie et d'amours,
Avec quel transport, quel délire
J'aurais accueilli ton sourire
Dont le charme eût nourri mes jours.

Mais à présent, ô jeune fille !
Ton regard, c'est l'astre qui brille
Aux yeux troublés des matelots,
Dont la barque en proie au naufrage,
À l'instant où cesse l'orage
Se brise et s'enfuit sous les flots.

Non, laisse-moi, je t'en supplie ;
En vain, si jeune et si jolie,
Tu voudras ranimer mon cœur :

Sur ce front pâle et sans jeunesse
Ne vois-tu pas que la tristesse
A banni l'espoir du bonheur ?

GÉRARD DE NERVAL

Hannon, vainqueur, se présenta devant les portes d'Utique. Il fit sonner de la trompette. Les trois Juges de la ville parurent, au sommet d'une tour, dans la baie des créneaux.

Les gens d'Utique ne voulaient point recevoir chez eux des hôtes aussi bien armés. Hannon s'emporta. Enfin ils consentirent à l'admettre avec une faible escorte.

Les rues se trouvèrent trop étroites pour les éléphants. Il fallut les laisser dehors.

Dès que le Suffète fut dans la ville, les principaux le vinrent saluer. Il se fit conduire aux étuves, et appela ses cuisiniers.

Trois heures après, il était encore enfoncé dans l'huile de cinnamome dont on avait rempli la vasque ; et, tout en se baignant, il mangeait, sur une peau de bœuf étendue, des langues de phénicoptères avec des graines de pavot assaisonnées au miel. Près de lui, son médecin qui, immobile dans une longue robe jaune, faisait de temps à autre réchauffer l'étuve, et deux jeunes garçons, penchés sur les marches du bassin, lui frottaient les jambes. Mais les soins de son corps n'arrêtaient pas son amour de la chose publique, et il dictait une lettre pour le Grand-Conseil, et, comme on venait de faire des prisonniers, ils se demandait quel châtiment terrible inventer.

« Arrête ! » dit-il à un esclave qui écrivait, debout, dans le creux de sa main. « Qu'on m'en amène ! Je veux les voir. »

Et du fond de la salle emplie d'une vapeur blanchâtre où les torches jetaient des taches rouges, on poussa trois Barbares : un Samnite, un Spartiate et un Cappadocien.

« Continue ! dit Hannon.

– Réjouissez-vous, lumière des Baals ! votre suffète a

exterminé les chiens voraces! Bénédictions sur la République! Ordonnez des prières!» Il aperçut les captifs, et alors éclatant de rire : «Ah! ah! mes braves de Sicca! Vous ne criez plus si fort aujourd'hui? C'est moi! Me reconnaissez-vous? Où sont donc vos épées? Quels hommes terribles, vraiment! – Et il feignait de se vouloir cacher, comme s'il en avait eu peur. – Vous demandiez des chevaux, des femmes, des terres, des magistratures, sans doute, et des sacerdoces! Pourquoi pas? Eh bien, je vous en fournirai, des terres, et dont jamais vous ne sortirez! On vous mariera à des potences toutes neuves! Votre solde? on vous la fondra dans la bouche en lingots de plomb! et je vous mettrai à de bonnes places, très hautes, au milieu des nuages, pour être rapprochés des aigles!»

Les trois Barbares, chevelus et couverts de guenilles, le regardaient sans comprendre ce qu'il disait. Blessés aux genoux, on les avait saisis en leur jetant des cordes, et les grosses chaînes de leurs mains traînaient par le bout, sur les dalles. Hannon s'indigna de leur impassibilité.

«À genoux! à genoux! chacals! poussière! vermine! excréments! Et ils ne répondent pas! Assez! taisez-vous! Qu'on les écorche vifs! Non! tout à l'heure!»

Il soufflait comme un hippopotame, en roulant ses yeux. L'huile parfumée débordait sous la masse de son corps, et, se collant contre les écailles de sa peau, à la lueur des torches, la faisait paraître rose.

Il reprit :

«Nous avons pendant quatre jours, grandement souffert du soleil. Au passage du Macar, des mulets se sont perdus. Malgré leur position, le courage extraordinaire... Ah! Demonades! comme je souffre! Qu'on réchauffe les briques, et qu'elles soient rouges!»

On entendit un bruit de râteaux et de fourneaux.

L'encens fuma plus fort dans les larges cassolettes, et les masseurs tout nus, qui suaient comme des éponges, lui écrasèrent sur les articulations une pâte composée avec du froment, du soufre, du vin noir, du lait de chienne, de la myrrhe, du galbanum et du styrax. Une soif incessante le dévorait ; l'homme vêtu de jaune ne céda pas à cette envie, et, lui tendant une coupe d'or où fumait un bouillon de vipère :

« Bois ! dit-il, pour que la force des serpents, nés du soleil, pénètre dans la moelle de tes os, et prends courage, ô reflet des Dieux ! Tu sais d'ailleurs qu'un prêtre d'Eschmoûn observe autour du Chien les étoiles cruelles d'où dérive ta maladie. Elles pâlissent comme les macules de ta peau, et tu n'en dois pas mourir.

– Oh ! oui, n'est-ce pas ? répéta le Suffète, je n'en dois pas mourir ! » Et de ses lèvres violacées s'échappait une haleine plus nauséabonde que l'exhalaison d'un cadavre.

GUSTAVE FLAUBERT, *Salammbô*.

Un hémisphère dans une chevelure

Laisse-moi respirer longtemps, longtemps, l'odeur de tes cheveux, y plonger tout mon visage, comme un homme altéré dans l'eau d'une source, et les agiter avec ma main comme un mouchoir odorant, pour secouer des souvenirs dans l'air.

Si tu pouvais savoir tout ce que je vois ! tout ce que je sens ! tout ce que j'entends dans tes cheveux ! Mon âme voyage sur le parfum comme l'âme des autres hommes sur la musique.

Tes cheveux contiennent tout un rêve, plein de voilures et de mâtures ; ils contiennent de grandes mers dont les moussons me portent vers de charmants climats, où l'espace est plus bleu et plus profond, où l'atmosphère est parfumée par les fruits, par les feuilles et par la peau humaine.

Dans l'océan de ta chevelure, j'entrevois un port fourmillant de chants mélancoliques, d'hommes vigoureux de toutes nations et de navires de toutes formes découpant leurs architectures fines et compliquées sur un ciel immense où se prélasse l'éternelle chaleur.

Dans les caresses de ta chevelure, je retrouve les langueurs des longues heures passées sur un divan, dans la chambre d'un beau navire, bercées par le roulis imperceptible du port, entre les pots de fleurs et les gargoulettes rafraîchissantes.

Dans l'ardent foyer de ta chevelure, je respire l'odeur du tabac mêlé à l'opium et au sucre ; dans la nuit de ta chevelure, je vois resplendir l'infini de l'azur tropical ; sur les rivages duvetés de ta chevelure, je m'enivre des odeurs combinées du goudron, du musc et de l'huile de coco.

Laisse-moi mordre longtemps tes tresses lourdes et noires. Quand je mordille tes cheveux élastiques et rebelles, il me semble que je mange des souvenirs.

CHARLES BAUDELAIRE, *Le Spleen de Paris*.

On n'y voyait plus ; le temps était froid, et un lourd brouillard, estompant la façade des maisons, puait dans l'air. Frédéric le humait avec délices ; car il sentait à travers la ouate du vêtement la forme de son bras ; et sa main, prise dans un gant chamois à deux boutons, sa petite main qu'il aurait voulu couvrir de baisers, s'appuyait sur sa manche. À cause du pavé glissant, ils oscillaient un peu ; il lui semblait qu'ils étaient tous les deux comme bercés par le vent, au milieu d'un nuage.

L'éclat des lumières, sur le boulevard, le remit dans la réalité. L'occasion était bonne, le temps pressait. Il se donna jusqu'à la rue de Richelieu pour déclarer son amour. Mais, presque aussitôt, devant un magasin de porcelaines, elle s'arrêta net, en lui disant :

– Nous y sommes, je vous remercie ! À jeudi, n'est-ce pas, comme d'habitude !

Les dîners recommencèrent ; et plus il fréquentait Mme Arnoux, plus ses langueurs augmentaient.

La contemplation de cette femme l'énervait, comme l'usage d'un parfum trop fort. Cela descendit dans les profondeurs de son tempérament, et devenait presque une manière générale de sentir, un mode nouveau d'exister.

GUSTAVE FLAUBERT, *L'Éducation sentimentale.*

À Clymène

Mystiques barcarolles,
Romances sans paroles,
Chère, puisque tes yeux,
Couleur des cieux,

Puisque ta voix, étrange
Vision qui dérange
Et trouble l'horizon
De ma raison,

Puisque l'arôme insigne
De ta pâleur de cygne,
Et puisque la candeur
De ton odeur,

Ah ! puisque tout ton être,
Musique qui pénètre,
Nimbes d'anges défunts,
Tons et parfums,

A, sur d'almes cadences,
En ses correspondances
Induit mon cœur subtil,
Ainsi soit-il !

PAUL VERLAINE, *Fêtes galantes.*

Florent ne songeait guère à ces belles filles. Il traitait d'ordinaire les femmes en homme qui n'a point de succès auprès d'elles. Puis, il dépensait en rêve trop de sa virilité. Il en vint à éprouver une véritable amitié pour la Normande ; elle avait un bon cœur, quand elle ne se montait pas la tête. Mais jamais il n'alla plus loin. Le soir, sous la lampe, tandis qu'elle approchait sa chaise, comme pour se pencher sur la page d'écriture de Muche, il sentait même son corps puissant et tiède à côté de lui avec un certain malaise. Elle lui semblait colossale, très lourde, presque inquiétante, avec sa gorge de géante ; il reculait ses coudes aigus, ses épaules sèches, pris de la peur vague d'enfoncer dans cette chair. Ses os de maigre avaient une angoisse, au contact des poitrines grasses. Il baissait la tête, s'amincissait encore, incommodé par le souffle fort qui montait d'elle. Quand sa camisole s'entrebâillait, il croyait voir sortir, entre deux blancheurs, une fumée de vie, une haleine de santé qui lui passait sur la face, chaude encore, comme relevée d'une pointe de la puanteur des Halles, par les ardentes soirées de juillet. C'était un parfum persistant, attaché à la peau d'une finesse de soie, un suint de marée coulant des seins superbes, des bras royaux, de la taille souple, mettant un arôme rude dans son odeur de femme. Elle avait tenté toutes les huiles aromatiques ; elle se lavait à grande eau ; mais dès que la fraîcheur du bain s'en allait, le sang ramenait jusqu'au bout des membres la fadeur des saumons, la violette musquée des éperlans, les âcretés des harengs et des raies. Alors, le balancement de ses jupes dégageait une buée ; elle marchait au milieu d'une évaporation d'algues vaseuses ; elle était, avec son grand corps de déesse, sa pureté et sa pâleur admirables, comme un beau marbre ancien roulé par la mer et ramené à la côte dans le coup de filet d'un pêcheur de sardines. Florent souffrait ; il ne la désirait point, les sens révoltés par les après-midi de la poissonnerie ; il la trouvait irritante, trop salée, trop amère, d'une beauté trop large et d'un relent trop fort.

ÉMILE ZOLA, *Le Ventre de Paris.*

D'autres fois, lorsqu'elle le croyait endormi, Albine disparaissait pendant des heures. Et, lorsqu'elle rentrait, elle le trouvait les yeux luisants de curiosité, dévoré d'impatience. Il lui criait :

« D'où viens-tu ? »

Et il la prenait par les bras, lui sentait les jupes, le corsage, les joues.

« Tu sens toutes sortes de bonnes choses… Hein ? tu as marché sur de l'herbe ? »

Elle riait, elle lui montrait ses bottines mouillées de rosée.

« Tu viens du jardin ! tu viens du jardin ! répétait-il, ravi. Je le savais. Quand tu es entrée, tu avais l'air d'une grande fleur… Tu m'apportes tout le jardin dans ta robe. »

Il la gardait auprès de lui, la respirant comme un bouquet. Elle revenait parfois avec des ronces, des feuilles, des bouts de bois accrochés à ses vêtements. Alors, il enlevait ces choses, il les cachait sous son oreiller, ainsi que des reliques. Un jour, elle lui apporta une touffe de roses. Il fut si saisi, qu'il se mit à pleurer. Il baisait les fleurs, il les couchait avec lui, entre ses bras. Mais, lorsqu'elles se fanèrent, cela lui causa un tel chagrin, qu'il défendit à Albine d'en cueillir d'autres. Il la préférait, elle, aussi fraîche, aussi embaumée ; et elle ne se fanait pas, elle gardait toujours l'odeur de ses mains, l'odeur de ses cheveux, l'odeur de ses joues. Il finit par l'envoyer lui-même au jardin, en lui recommandant de ne pas remonter avant une heure.

« Vois-tu, comme cela, disait-il, j'ai du soleil, j'ai de l'air, j'ai des roses, jusqu'au lendemain. »

ÉMILE ZOLA, *La Faute de l'abbé Mouret.*

Il faut, ma chère enfant,
disait-il quelquefois,
qu'une femme honnête ait
un petit parfum de lorette.

EDMOND et JULES GONCOURT, *Renée Mauperin*.

Elle et lui, lui et elle, étaient deux abîmes placés en face l'un de l'autre ; seulement, l'un, Karkoël, était noir et ténébreux comme la nuit ; et l'autre, cette femme pâle, était claire et incrustable comme l'espace. Elle tenait toujours sur son partner des yeux indifférents et qui brillaient d'une impassible lumière. Seulement, comme le chevalier de Tharsis *n'en finissait pas* d'examiner la bague qui renfermait le mystère que j'aurais voulu pénétrer, elle avait pris à sa ceinture un gros bouquet de résédas, et elle se mit à le respirer avec une sensualité qu'on n'eût, certes, pas attendue d'une femme comme elle, si peu faite pour les rêveuses voluptés. Ses yeux se fermèrent après avoir tourné dans je ne sais quelle pâmoison indicible, et, d'une passion avide, elle saisit avec ses lèvres effilées et incolores plusieurs tiges de fleurs odorantes et elle les broya sous ses dents, avec une expression idolâtre et sauvage, les yeux rouverts sur Karkoël. Était-ce un signe, une entente quelconque, une complicité, comme en ont les amants entre eux, que ces fleurs mâchées et dévorées en silence ?… Franchement, je le crus. Elle remit tranquillement la bague à son doigt, quand le chevalier l'eut assez admirée, et le whist continua, renfermé, muet et sombre, comme si rien ne l'avait interrompu.

JULES AMÉDÉE BARBEY D'AUREVILLY, *Les Diaboliques*.

La sonnerie lui coupa la parole. Ce fut le comble. Encore un raseur ! Elle défendit à Zoé d'aller ouvrir. Celle-ci, sans l'écouter, était sortie de la cuisine. Quand elle reparut, elle dit d'un air d'autorité, en remettant deux cartes :

« J'ai répondu que Madame recevait… Ces messieurs sont dans le salon. »

Nana s'était levée rageusement. Mais les noms du marquis de Chouard et du comte Muffat de Beuville, sur les cartes, la calmèrent. Elle resta un instant silencieuse.

« Qu'est-ce que c'est que ceux-là ? demanda-t-elle enfin. Vous les connaissez ?

– Je connais le vieux », répondit Zoé en pinçant la bouche d'une façon discrète.

Et, comme sa maîtresse continuait à l'interroger des yeux, elle ajouta simplement :

« Je l'ai vu quelque part. »

Cette parole sembla décider la jeune femme. Elle quitta la cuisine à regret, ce refuge tiède où l'on pouvait causer et s'abandonner dans l'odeur du café, chauffant sur un reste de braise. Derrière son dos, elle laissait Mme Maloir, qui, maintenant, faisait des réussites ; elle n'avait toujours pas ôté son chapeau ; seulement, pour se mettre à l'aise, elle venait de dénouer les brides et de les rejeter sur ses épaules.

Dans le cabinet de toilette, où Zoé l'aida vivement à passer un peignoir, Nana se vengea des ennuis qu'on lui causait, en mâchant de sourds jurons contre les hommes. Ces gros mots chagrinaient la femme de chambre, car elle voyait avec peine que Madame ne se décrassait pas vite de ses commencements. Elle osa même supplier Madame de se calmer.

« Ah ! ouiche, répondit Nana crûment, ce sont des salauds, ils aiment ça. »

Pourtant, elle prit son air de princesse, comme elle disait. Zoé l'avait retenue, au moment où elle se dirigeait vers le salon ; et, d'elle-même, elle introduisit dans le cabinet de toilette le marquis de Chouard et le comte Muffat. C'était beaucoup mieux.

« Messieurs, dit la jeune femme avec une politesse étudiée, je regrette de vous avoir fait attendre. »

Les deux hommes saluèrent et s'assirent. Un store de tulle brodé ménageait un demi-jour dans le cabinet. C'était la pièce la plus élégante de l'appartement, tendue d'étoffe claire, avec une grande toilette de marbre, une psyché marquetée, une chaise longue et des fauteuils de satin bleu. Sur la toilette, les bouquets, des roses, des lilas, des jacinthes, mettaient comme un écroulement de fleurs, d'un parfum pénétrant et fort ; tandis que, dans l'air moite, dans la fadeur exhalée des cuvettes, traînait par instants une odeur plus aiguë, quelques brins de patchouli sec, brisés menu au fond d'une coupe. Et, se pelotonnant, ramenant son peignoir mal attaché, Nana semblait avoir été surprise à sa toilette, la peau humide encore, souriante, effarouchée au milieu de ses dentelles.

ÉMILE ZOLA, *Nana*.

En arrivant au pied de l'escalier, le comte avait senti de nouveau un souffle ardent lui tomber sur la nuque, cette odeur de femme descendue des loges, dans un flot de lumière et de bruit ; et, maintenant, à chaque marche qu'il montait, le musc des poudres, les aigreurs des vinaigres de toilette le chauffaient, l'étourdissaient davantage. [...] Le long du couloir, par les fentes, on apercevait des coins de nudité, des blancheurs de peau, des pâleurs de linge ; deux filles, très gaies, se montraient leurs signes ; une, toute jeune, presque une enfant, avait relevé ses jupons au-dessus des genoux, pour recoudre son pantalon ; pendant que les habilleuses, en voyant les deux hommes, tiraient légèrement des rideaux, par décence. C'était la bousculade de la fin, le grand nettoyage du blanc et du rouge, la toilette de ville reprise au milieu d'un nuage de poudre de riz, un redoublement d'odeur fauve soufflé par les portes battantes. Au troisième étage, Muffat s'abandonna à la griserie qui l'envahissait. La loge des figurantes était là ; vingt femmes entassées, une débandade de savons et de bouteilles d'eau de lavande, la salle commune d'une maison de barrière. En passant, il entendit, derrière une porte close, un lavage féroce, une tempête dans une cuvette. Et il montait au dernier étage, lorsqu'il eut la curiosité de hasarder encore un regard, par un judas resté ouvert : la pièce était vide, il n'y avait, sous le flamboiement du gaz, qu'un pot de chambre oublié, au milieu d'un désordre de jupes traînant par terre. Cette pièce fut la dernière vision qu'il emporta. En haut, au quatrième, il étouffait. Toutes les odeurs, toutes les flammes venaient frapper là : le plafond jaune semblait cuit, une lanterne brûlait dans un brouillard roussâtre. Un instant, il se tint à la rampe de fer, qu'il trouva tiède d'une tiédeur vivante, et il ferma les yeux, et il but dans une aspiration tout le sexe de la femme, qu'il ignorait encore et qui lui battait le visage.

ÉMILE ZOLA, *Nana*.

Dans la salle, déjà presque pleine,
flottait cette odeur de chien mouillé,
que dégagent toujours les jupes
des vieilles filles,
avec un reste de parfums suspects
des bals publics.

GUY DE MAUPASSANT, *Contes et nouvelles.*

Bien que le charme de sa chair fraîche, de sa beauté magnifique, eût d'abord étonné et retenu Des Esseintes, il chercha promptement à esquiver cette liaison, précipita la rupture, car sa précoce impuissance s'augmentait encore devant les glaciales tendresses, devant les prudes laisser-aller de cette femme.

Et pourtant elle était la première à s'arrêter devant lui, dans le passage ininterrompu de ces luxures ; mais, au fond, si elle s'était plus énergiquement empreinte dans sa mémoire qu'une foule d'autres dont les appas avaient été moins fallacieux et les plaisirs moins limités, cela tenait à sa senteur de bête bien portante et saine ; la redondance de sa santé était l'antipode même de cette anémie, travaillée aux parfums, dont il retrouvait un fin relent dans le délicat bonbon de Siraudin.

Ainsi qu'une odorante antithèse, miss Urania s'imposait fatalement à son souvenir mais presque aussitôt Des Esseintes, heurté par cet imprévu d'un arôme naturel et brut, retournait aux exhalaisons civilisées, et inévitablement il songeait à ses autres maîtresses ; elles se pressaient, en troupeau, dans sa cervelle, mais par-dessus toutes s'exhaussait maintenant la femme dont la monstruosité l'avait tant satisfait pendant des mois.

Celle-là était une petite et sèche brune, aux yeux noirs, aux cheveux pommadés, plaqués sur la tête, comme avec un pinceau, séparés par une raie de garçon, près d'une tempe. Il l'avait connue dans un café-concert, où elle donnait des représentations de ventriloque. [...]

Cette brunette suintait des parfums préparés, malsains et capiteux et elle brûlait comme un cratère ; en dépit de tous ses subterfuges, Des Esseintes s'épuisa en quelques heures ; il n'en persista pas moins à se laisser complaisamment gruger par elle, car plus que la maîtresse, le phénomène l'attirait.

D'ailleurs les plans qu'il s'était proposés, avaient mûri. Il se résolut à accomplir des projets jusqu'alors irréalisables.

Il fit apporter, un soir, un petit sphinx, en marbre noir, couché dans la pose classique, les pattes allongées, la tête rigide et droite et une chimère, en terre polychrome, brandissant une crinière hérissée, dardant des yeux féroces, éventant avec les sillons de sa queue ses flancs gonflés ainsi que des soufflets de forge. Il plaça chacune de ces bêtes à un bout de la chambre, éteignit les lampes, laissant les braises rougeoyer dans l'âtre et éclairer vaguement la pièce en agrandissant les objets presque noyés dans l'ombre.

Puis, il s'étendit sur un canapé, près de la femme dont l'immobile figure était atteinte par la lueur d'un tison, et il attendit.

Avec des intonations étranges qu'il lui avait fait longuement et patiemment répéter à l'avance, elle anima, sans même remuer les lèvres, sans même les regarder, les deux monstres.

Et dans le silence de la nuit, l'admirable dialogue de la Chimère et du Sphinx commença, récité par des voix gutturales et profondes, rauques, puis aiguës, comme surhumaines.

« – Ici, Chimère, arrête-toi.

« – Non ; jamais. »

Bercé par l'admirable prose de Flaubert, il écoutait, pantelant, le terrible duo et des frissons le parcoururent, de la nuque aux pieds, quand la Chimère proféra la solennelle et magique phrase :

« Je cherche des parfums nouveaux, des fleurs plus larges, des plaisirs inéprouvés. »

JORIS-KARL HUYSMANS, *À Rebours*.

Pendant cette singulière maladie qui ravage les races à bout de sang, de soudaines accalmies succèdent aux crises ; sans qu'il pût s'expliquer pourquoi, Des Esseintes se réveilla tout valide, un beau matin ; plus de toux déracinante, plus de coins enfoncés à coups de maillet dans la nuque, mais une sensation ineffable de bien-être, une légèreté de cervelle dont les pensées s'éclaircissaient et, d'opaques et glauques, devenaient fluides et irisées, de même que des bulles de savon de nuances tendres.

Cet état dura quelques jours ; puis subitement, un après-midi, les hallucinations de l'odorat se montrèrent.

Sa chambre embauma la frangipane ; il vérifia si un flacon ne traînait pas, débouché ; il n'y avait point de flacon dans la pièce ; il passa dans son cabinet de travail, dans sa salle à manger : l'odeur persista.

Il sonna son domestique : – Vous ne sentez rien ? dit-il. L'autre renifla une prise d'air et déclara ne respirer aucune fleur : le doute ne pouvait exister ; la névrose revenait, une fois de plus, sous l'apparence d'une nouvelle illusion des sens.

Fatigué par la ténacité de cet imaginaire arôme, il résolut de se plonger dans des parfums véritables, espérant que cette homéopathie nasale le guérirait ou du moins qu'elle retarderait la poursuite de l'importune frangipane.

Il se rendit dans son cabinet de toilette. Là, près d'un ancien baptistère qui lui servait de cuvette, sous une longue glace en fer forgé, emprisonnant, ainsi que d'une margelle argentée de lune, l'eau verte et comme morte du miroir, des bouteilles de toute grandeur, de toute forme, s'étageaient sur des rayons d'ivoire.

Il les plaça sur une table et les divisa en deux séries : celle des parfums simples, c'est-à-dire des extraits ou des esprits, et celle des parfums composés, désignée sous le terme générique de bouquets.

Il s'enfonça dans un fauteuil et se recueillit.

Il était, depuis des années, habile dans la science du flair ; il pensait que l'odorat pouvait éprouver des jouissances égales à celles de l'ouïe et de la vue, chaque sens étant susceptible, par suite d'une disposition naturelle et d'une érudite culture, de percevoir des impressions nouvelles, de les décupler, de les coordonner, d'en composer ce tout qui constitue une œuvre ; et il n'était pas, en somme, plus anormal qu'un art existât, en dégageant d'odorants fluides, que d'autres, en détachant des ondes sonores, ou en frappant de rayons diversement colorés la rétine d'un œil ; seulement, si personne ne peut discerner, sans une intuition particulière développée par l'étude, une peinture de grand maître d'une croûte, un air de Beethoven d'un air de Clapisson, personne, non plus, ne peut, sans une initiation préalable, ne point confondre, au premier abord, un bouquet créé par un sincère artiste, avec un pot-pourri fabriqué par un industriel, pour la vente des épiceries et des bazars.

Dans cet art des parfums, un côté l'avait, entre tous, séduit, celui de la précision factice.

Presque jamais, en effet, les parfums ne sont issus des fleurs dont ils portent le nom ; l'artiste qui oserait emprunter à la seule nature ses éléments, ne produirait qu'une œuvre bâtarde, sans vérité, sans style, attendu que l'essence obtenue par la distillation des fleurs ne saurait offrir qu'une très lointaine et très vulgaire analogie avec l'arôme même de la fleur vivante, épandant ses effluves, en pleine terre.

Aussi, à l'exception de l'inimitable jasmin, qui n'accepte aucune contrefaçon, aucune similitude, qui repousse jusqu'aux à peu près, toutes les fleurs sont exactement représentées par des alliances d'alcoolats et d'esprits, dérobant au modèle sa personnalité même et y ajoutant ce rien, ce ton en plus, ce fumet capiteux, cette touche rare qui qualifie une œuvre d'art.

En résumé, dans la parfumerie, l'artiste achève l'odeur initiale de la nature dont il taille la senteur, et il la monte ainsi qu'un joaillier épure l'eau d'une pierre et la fait valoir.

JORIS-KARL HUYSMANS, *À Rebours*.

Nous étions couverts d'eau, trempés par la pluie du ciel et par l'écume de la mer. La jupe de Mme Darzac claquait dans la nuit comme un drapeau noir et m'enveloppait les jambes. Je soutins la malheureuse car je la sentais défaillir, et, alors, il arriva ceci que, dans ce vaste déchaînement des éléments, au cours de cette tempête, sous cette douche terrible, au sein de la mer rugissante, je sentis tout à coup son parfum, le doux et pénétrant et si mélancolique parfum de la Dame en noir !... Ah ! je comprends ! Je comprends comment Rouletabille s'en est souvenu par-delà les années... Oui, oui, c'est une odeur pleine de mélancolie, un parfum pour tristesse intime... Quelque chose comme le parfum isolé et discret et tout à fait personnel d'une plante abandonnée, qui eût été condamnée à fleurir pour elle toute seule, toute seule... Enfin ! c'est un parfum qui m'a donné de ces idées-là et que j'ai essayé d'analyser comme ça, plus tard... parce que Rouletabille m'en parlait toujours... Mais c'était un bien doux et bien tyrannique parfum qui m'a comme enivré tout d'un coup là au milieu de cette bataille des eaux et du vent et de la foudre, tout d'un coup, quand je l'ai eu *saisi*. Parfum extraordinaire ! Ah ! extraordinaire, car j'avais passé vingt fois auprès de la Dame en noir sans découvrir ce que ce parfum avait d'extraordinaire, et il m'apparaissait dans un moment où les plus persistants parfums de la terre – et même tous ceux qui font mal à la tête – sont balayés comme une haleine de rose par le vent de mer. Je comprends que lorsqu'on l'avait, je ne dis pas senti, mais *saisi* (car enfin tant pis si je me vante, mais je suis persuadé que tout le monde ne pourrait à son gré comprendre le parfum de la Dame en noir, et il fallait certainement pour cela être très intelligent, et il est probable que, ce soir-là, je l'étais plus que les autres soirs, bien que, ce soir-là, je ne dusse rien comprendre de ce qui se passait autour de moi). Oui, quand on avait saisi une fois cette mélancolique et captivante, et adorablement désespérante odeur, eh bien, c'était pour la vie ! et le cœur devait en être embaumé, si c'était un cœur de fils comme celui de Rouletabille ; ou embrasé, si c'était un cœur d'amant, comme celui de M. Darzac ; ou empoisonné, si c'était un cœur de bandit, comme celui de Larsan… Non ! non, on ne devait plus pouvoir s'en passer jamais ! et, maintenant, je comprends Rouletabille et Darzac et Larsan et tous les malheurs de la fille du professeur Stangerson !…

GASTON LEROUX, *Le Parfum de la Dame en noir.*

– Oh ! dit Alise.

Elle mit ses bras autour du cou de Colin et l'embrassa.

– Tu es un chic type ! dit Chick. Je ne sais pas comment te remercier, d'ailleurs tu sais très bien que je ne peux pas te remercier comme je le voudrais…

Colin se sentait un peu réconforté. Et Alise était vraiment en beauté ce soir.

– Quel parfum avez-vous ? dit-il. Chloé se parfume à l'essence d'orchidée bidistillée.

– Je n'ai pas de parfum !… dit Alise.

– C'est naturel ! dit Chick.

– C'est merveilleux ! dit Colin. Vous sentez la forêt, avec un ruisseau et des petits lapins.

BORIS VIAN, *L'Écume des jours.*

La rue avait tout à fait changé d'aspect depuis le départ de Colin et de Chloé. Maintenant, les feuilles des arbres étaient grandes et les maisons quittaient leur teinte pâle pour se nuancer d'un vert effacé avant d'acquérir le beige doux de l'été. Le pavé devenait élastique et souple sous les pas et l'air sentait la framboise. Il faisait encore frais, mais on devinait le beau temps derrière les fenêtres aux vitres bleuâtres. Des fleurs vertes et bleues poussaient le long des trottoirs, et la sève serpentait autour de leurs tiges minces avec un léger bruit, humide comme un baiser d'escargots.

Nicolas ouvrait la marche. Il était vêtu d'un complet sport de chaud lainage moutarde et portait, en dessous, un chandail à col roulé dont le Jacquard dessinait un Saumon à la Chambord tel qu'il apparaît à la page 607 du *Livre de Cuisine* de Gouffé. Ses souliers de cuir jaune à semelle crêpe froissaient à peine la végétation – il prenait soin de marcher dans les deux sillons que l'on dégageait pour laisser passer les voitures.

Colin et Chloé le suivaient. Chloé tenait Colin par la main et respirait à longs traits les odeurs de l'air. Chloé avait une petite robe de laine blanche et un mantelet de léopard benzolé, dont les taches, atténuées par ce traitement, s'élargissaient en auréoles et se recoupaient en curieuses interférences. Ses cheveux mousseux flottaient librement et exaltaient une douce vapeur parfumée de jasmin et d'œillet. Colin, les yeux mi-clos, se guidait sur ce parfum et ses lèvres frémissaient doucement à chaque inhalation.

BORIS VIAN, *L'Écume des jours.*

Une femme sans parfum
est une femme sans avenir.

COCO CHANEL

Je fume un cigare à Tarascon en humant un café
Des goumiers en manteau rouge passent près de l'hôtel
[des Empereurs
Le train qui m'emporta t'enguirlandait de tout mon
[souvenir nostalgique
Et ces roses si roses qui fleurissent tes seins
C'est mon désir joyeux comme l'aurore d'un beau matin

Une flaque d'eau trouble comme mon âme
Le train fuyait avec un bruit d'obus de 120 au terme de sa
[course
Et les yeux fermés je respirais les héliotropes de tes veines
Sur tes jambes qui sont un jardin plein de marbres
Héliotropes ô soupirs d'une Belgique crucifiée

Et puis tourne tes yeux ce réséda si tendre
Ils exhalent un parfum que mes yeux savent entendre
L'odeur forte et honteuse des Saintes violées
Des sept Départements où le sang a coulé

Hausse tes mains Hausse tes mains ces lys de ma fierté
Dans leur corolle s'épure toute l'impureté
Ô lys ô cloches des cathédrales qui s'écroulent au nord
Carillons des Beffrois qui sonnent à la mort
Fleurs de lys fleurs de France ô mains de mon amour
Vous fleurissez de clarté la lumière du jour

Tes pieds tes pieds d'or touffes de mimosas
Lampes au bout du chemin fatigues des soldats
– *Allons, c'est moi ouvre la porte je suis de retour enfin*
– C'est toi assieds-toi entre l'ombre et la tristesse

– Je suis couvert de boue et tremble de détresse
Je pensais à tes pieds d'or pâle comme à des fleurs
– Touche-les ils sont froids comme quelqu'un qui meurt

Les lilas de tes cheveux qui annoncent le printemps
Ce sont les sanglots et les cris que jettent les mourants
Le vent passe au travers doux comme nos baisers
Le printemps reviendra les lilas vont passer

Ta voix ta voix fleurit comme les tubéreuses
Elle enivre la vie ô voix ô voix chérie
Ordonne ordonne au temps de passer bien plus vite
Le bouquet de ton corps est le bonheur du temps
Et les fleurs de l'espoir enguirlandent tes tempes
Les douleurs en passant près de toi se métamorphosent
– Écroulements de flammes morts frileuses
[hématidroses –

En une gerbe où fleurit La Merveilleuse Rose

GUILLAUME APOLLINAIRE, *Poèmes à Lou*.

Doukipudonktan, se demanda Gabriel excédé. Pas possible, ils se nettoient jamais. Dans le journal, on dit qu'il y a pas onze pour cent des appartements à Paris qui ont des salles de bains, ça m'étonne pas, mais on peut se laver sans. Tous ceux là qui m'entourent, ils doivent pas faire de grands efforts. D'un autre côté, c'est tout de même pas un choix parmi les plus crasseux de Paris. Y a pas de raison. C'est le hasard qui les a réunis. On peut pas supposer que les gens qu'attendent à la gare d'Austerlitz sentent plus mauvais que ceux qu'attendent à la gare de Lyon. Non vraiment, y a pas de raison. Tout de même quelle odeur.

Gabriel extirpa de sa manche une pochette de soie couleur mauve et s'en tamponna le tarin.

– Qu'est-ce qui pue comme ça ? dit une bonne femme à haute voix.

Elle pensait pas à elle en disant ça, elle était pas égoïste, elle voulait parler du parfum qui émanait de ce meussieu.

– Ça, ptite mère, répondit Gabriel qui avait de la vitesse dans la repartie, c'est Barbouze, un parfum de chez Fior.

– Ça devrait pas être permis d'empester le monde comme ça, continua la rombière sûre de son bon droit.

– Si je comprends bien, ptite mère, tu crois que ton parfum naturel fait la pige à celui des rosiers. Eh bien, tu te trompes, ptite mère, tu te trompes.

– T'entends ça ? dit la bonne femme à un ptit type à côté d'elle, probablement celui qu'avait le droit de la grimper légalement. T'entends comme il me manque de respect, ce gros cochon ?

Le ptit type examina le gabarit de Gabriel et se dit c'est un malabar, mais les malabars c'est toujours bon, ça profite jamais de leur force, ça serait lâche de leur part. Tout faraud, il cria :

– Tu pues, eh gorille.

RAYMOND QUENEAU, *Zazie dans le métro.*

Ainsi passèrent une dizaine de journées, si courtes que j'arrivais toujours en retard à la maison, où je ne venais que pour manger. J'admirais, je respectais, j'adorais Isabelle, et je n'avais même plus le moindre remords d'avoir abandonné Lili, car j'avais oublié son existence.

J'avais trouvé dans l'herbe, sous la balançoire, un ruban de satin vert, tombé des cheveux de la bien-aimée ; je possédais aussi un bouton de nacre de sa robe, un glaïeul qu'elle m'avait donné, le noyau d'une prune qu'elle avait mangée, une petite pomme sauvage où l'on voyait la marque de ses dents, et la moitié d'un petit peigne. Chaque soir, je plaçai ces trésors sous mon oreiller ; puis, le ruban vert noué autour du cou, et serrant dans mon poing le fruit divinisé par sa morsure, je revivais, les yeux fermés, la miraculeuse journée, et je préparais les phrases qui lui diraient – demain peut-être – l'éternité de mon amour.

Cependant, la reine ne tarda guère à abuser de son autorité. Je comprends aujourd'hui qu'après avoir mesuré mon audace et ma vaillance, elle se plut à humilier ces vertus viriles devant sa faiblesse de fille : elles adorent le héros, dont la réduction en esclavage est cent fois plus glorieuse que celle du fidèle comptable, et il arrive que la fragile jeune femme épouse l'effrayant champion de catch pour le plaisir de lui donner des gifles.

Elle commença par m'ordonner de porter sa traîne ; puis elle me fit remarquer que ce n'était pas là le travail d'un chevalier, et m'ayant montré une gravure coloriée sur laquelle la traîne royale était portée par deux négrillons, elle me noircit le visage et les mains avec un bouchon brûlé. Il fallut ensuite l'éventer respectueusement avec le plumeau, pendant qu'elle faisait semblant de dormir dans le hamac, puis à son réveil, pour la distraire, je dansais la « bamboula ». Après quoi, pour me récompenser, elle me disait : « Ouvre la bouche, et ferme les yeux ! » et je devais croquer ce qu'elle déposait délicatement sur ma langue : ce fut d'abord un berlingot, puis une cerise, puis un colimaçon.

Heureux et fier de l'étonner, je me vautrais dans cette servitude, et je tremblais d'émotion lorsque, avant mon départ, elle nettoyait elle-même mon visage et mon cou avec un tampon de coton trempé d'eau de Cologne…

Ce délicieux parfum attira l'attention de Paul : comme je m'approchais de lui, il fronça soudain les narines et courut vers la maison en criant :

« Il est allé chez le coiffeur ! »

Ma mère sortit sur la porte, inquiète, craignant que Joseph n'eût repêché sa tondeuse. Voyant ma chevelure intacte, elle lui demanda :

« Pourquoi dis-tu ça ?

– On lui a mis du sent bon ! Moi je l'ai reniflé !… »

Je m'approchai nonchalamment, et je dis :

« C'est la mère d'Isabelle qui m'en a donné, pour m'en passer sur la figure. Ça s'appelle l'eau de Cologne… »

Elle rentra dans la maison, un peu surprise, mais rassurée.

MARCEL PAGNOL, *Le Temps des secrets.*

Depuis ma plus tendre enfance, j'avais mal supporté les servitudes animales qui ridiculisent la condition humaine. [...]

La cérémonie familiale du pot, organisée par ma tante et ma mère en l'honneur du petit cousin, était toujours suivie d'un examen, d'où résultaient des propos de connaisseurs : propos parfois inquiets, mais le plus souvent flatteurs. Écœuré, je quittais discrètement la place sans reprendre haleine.

C'est pourquoi lorsque je vis Isabelle sortir de ce réduit d'infamie, accompagnée par le puissant chuintement de la chasse d'eau purificatrice, je demeurai stupide, comme paralysé, et mon cœur dans ma poitrine fit une petite grimace.

Elle ne parut nullement gênée, et elle s'écria aussitôt :

« Tu arrives en pleine catastrophe ! Viens ! »

Elle partit vers le livigroub, et je la suivis, déjà désespéré. Tout en marchant, elle parlait.

« Et d'abord, j'ai pris froid, j'ai eu de la fièvre toute la nuit, et maintenant, je suis malade ! Enfin, ça ce n'est pas le plus grave, parce que ça m'est déjà arrivé... Mais le comble... »

Elle venait d'entrer dans le livigroub, et elle s'interrompit brusquement pour flairer l'air :

« Tu ne sens rien ? »

Mon nez s'enfla subitement d'une odeur abominable, qui infecta d'un seul coup toute ma tête.

Elle courut ouvrir la fenêtre, et dit :

« C'est encore ce vilain chat, celui de Félix ! Il vient voler dans la cuisine, et il fait des horreurs dans les coins ! »

Tandis que je me demandais si ce mystérieux félin était vraiment le responsable, elle avait pris la pelle de cuivre dans l'âtre, et elle se penchait profondément pour regarder sous chaque meuble, tout en me parlant.

« Et le comble, je vais te le dire… »

Hé as ! Je le savais déjà, le comble… Le comble, c'était que ma princesse, ma fée, avait tout bêtement la colique, et que le regard des yeux de violette balayait le parquet, sous un divan boiteux, dans l'espoir d'y frôler une crotte de chat…

Par bonheur, elle la trouva, et dans une puanteur redoublée, elle sortit, portant la pelle à bout de bras.

MARCEL PAGNOL, *Le Temps des secrets.*

Souffles
du passé

Mélodie irlandaise (imitée de Thomas More)

Le soleil du matin commençait sa carrière,
Je vis près du rivage une barque légère
Se bercer mollement sur les flots argentés.
Je revins quand la nuit descendait sur la rive :
La nacelle était là, mais l'onde fugitive
Ne baignait plus ses flancs dans le sable arrêtés.

Et voilà notre sort ! au matin de la vie
Par des rêves d'espoir notre âme poursuivie
Se balance un moment sur les flots du bonheur ;
Mais, sitôt que le soir étend son voile sombre,
L'onde qui nous portait se retire, et dans l'ombre
Bientôt nous restons seuls en proie à la douleur.

Au déclin de nos jours on dit que notre tête
Doit trouver le repos sous un ciel de tempête ;
Mais qu'importe à mes vœux le calme de la nuit !
Rendez-moi le matin, la fraîcheur et les charmes ;
Car je préfère encor ses brouillards et ses larmes
Aux plus douces lueurs du soleil qui s'enfuit.

Oh ! qui n'a désiré voir tout à coup renaître
Cet instant dont le charme éveilla dans son être
Et des sens inconnus et de nouveaux transports !
Où son âme, semblable à l'écorce embaumée,
Qui disperse en brûlant sa vapeur parfumée,
Dans les feux de l'amour exhala ses trésors !

GÉRARD DE NERVAL, *Poésies et Souvenirs.*

Rêverie de Charles VI (Fragment)

On ne sait pas toujours où va porter la hache,
Et bien des souverains, maladroits ouvriers,
En laissent retomber le coupant sur leurs pieds !
Que d'ennuis dans un front la main de Dieu rassemble,
Et donne pour racine aux fleurons du bandeau !
Pourquoi mit-il encor ce pénible fardeau
Sur ma tête aux pensers tristes abandonnée,
Et souffrante, et déjà de soi-même inclinée ?
Moi qui n'aurois aimé, si j'avois pu choisir,
Qu'une existence calme, obscure et sans désir,
Une pauvre maison dans quelque bois perdue,
De mousse, de jasmins, et de vigne tendue ;
Des fleurs à cultiver, la barque d'un pêcheur,
Et de la nuit sur l'eau respirer la fraîcheur,
Prier Dieu sur les monts, suivre mes rêveries
Par les bois ombragés et les grandes prairies,
Des collines le soir descendre le penchant,
Le visage baigné des lueurs du couchant,
Quand un vent parfumé nous apporte en sa plainte
Quelques sons affaiblis d'une ancienne complainte…
Oh ! ces feux du couchant vermeils, capricieux,
Montent comme un chemin splendide, vers les cieux !
Il semble que Dieu dise à son âme souffrante :
Quitte le monde impur, la foule indifférente,
Suis d'un pas assuré cette route qui luit,
Et – viens à moy, mon fils… et – n'attends pas
LA NUIT !!!

GÉRARD DE NERVAL, *Poésies et Souvenirs.*

Souvent, lorsque Charles était sorti, elle allait prendre dans l'armoire, entre les plis du linge où elle l'avait laissé, le porte-cigares en soie verte.

Elle le regardait, l'ouvrait, et même elle flairait l'odeur de sa doublure, mêlée de verveine et de tabac. À qui appartenait-il ?... Au Vicomte. C'était peut-être un cadeau de sa maîtresse. On avait brodé cela sur quelque métier de palissandre, meuble mignon que l'on cachait à tous les yeux, qui avait occupé bien des heures et où s'étaient penchées les boucles molles de la travailleuse pensive. Un souffle d'amour avait passé parmi les mailles du canevas ; chaque coup d'aiguille avait fixé là une espérance ou un souvenir, et tous ces fils de soie entrelacés n'étaient que la continuité de la même passion silencieuse. Et puis le Vicomte, un matin, l'avait emporté avec lui. De quoi avait-on parlé, lorsqu'il restait sur les cheminées à large chambranle, entre les vases de fleurs et les pendules Pompadour ? Elle était à Tostes. Lui, il était à Paris, maintenant ; là-bas ! Comment était ce Paris ? Quel nom démesuré ! Elle se le répétait à demi-voix, pour se faire plaisir ; il sonnait à ses oreilles comme un bourdon de cathédrale ! il flamboyait à ses yeux jusque sur l'étiquette de ses pots de pommade.

La nuit, quand les mareyeurs, dans leurs charrettes, passaient sous ses fenêtres en chantant la *Marjolaine*, elle s'éveillait ; et, écoutant le bruit des roues ferrées qui, à la sortie du pays, s'amortissait vite sur la terre :

« Ils y seront demain ! » se disait-elle.

Et elle les suivait dans sa pensée, montant et descendant les côtes, traversant les villages, filant sur la grande route à la clarté des étoiles. Au bout d'une distance indéterminée, il se trouvait toujours une place confuse où expirait son rêve.

GUSTAVE FLAUBERT, *Madame Bovary*.

Au fond du Breuil est la tannerie avec ses pains de tourbe, ses peaux qui sèchent, son odeur aigre.

Je l'adore, cette odeur montante, moutardeuse, verte – si l'on peut dire verte –, comme les cuirs qui faisandent dans l'humidité ou qui font sécher leur sueur au soleil.

Du plus loin que j'arrivais dans la ville du Puy, quand j'y revins plus tard, je devinais et je sentais la tannerie du Breuil. – Chaque fois qu'une de ces fabriques s'est trouvée sur mon chemin, à deux lieues à la ronde, je l'ai flairée, et j'ai tourné de ce côté mon nez reconnaissant...

Je ne me souviens plus du chemin, je ne sais par où je passais, comment finissait la ville.

Je ne rappelle seulement que je me trouvais le long d'un fossé qui sentait mauvais, et que je marchais à travers un tas d'herbes et de plantes qui ne sentaient pas bon.

J'arrivais dans le pays des jardiniers. Que c'est vilain, le pays des maraîchers !

Autant j'aimais les prairies vertes, l'eau vive, la verdure des haies ; autant j'avais le dégoût de cette campagne à arbres courts, à plantes pâles, qui poussent, comme de la barbe de vieux, dans un terrain de sable ou de boue, sur le bord des villes.

Quelques feuilles jaunâtres, desséchées, galeuses, pendaient avec des teintes d'oreilles de poitrinaires.

On avait déshonoré toutes les places, et l'on dérangeait à chaque instant un tourbillon d'insectes qui se régalaient d'un chien crevé.

Pas d'ombre !

Des melons qui ont l'air de boulets chauffés à blanc ; des choux rouges, violets – on dirait des apoplexies –, une odeur de poireau et d'oignons !

JULES VALLÈS, *L'Enfant*.

Les roses d'Ispahan dans leur gaîne de mousse,
Les jasmin de Mossoul, les fleurs d'oranger
Ont un parfum moins frais, ont une odeur moins douce,
O blanche Leïlah ! Que ton souffle est léger.

Ta lèvre est de corail, et ton rire léger
Sonne mieux que l'eau vive et d'une voix plus douce,
Mieux que le vent joyeux qui berce l'oranger,
Mieux que l'oiseau qui chante au bord du lit de mousse.

Mais la subtile odeur des roses dans leur mousse,
La brise qui se joue autour de l'oranger
Et l'eau vive qui flue avec sa plainte douce
Ont un charme plus sûr que ton amour léger !

O Leïlah ! depuis que de leur vol léger
Tous les baisers ont fui de ta lèvre si douce,
Il n'est plus de parfum dans le pâle oranger,
Ni de céleste arome aux roses dans leur mousse.

L'oiseau, sur le duvet humide et sur la mousse,
Ne chante plus parmi la rose et l'oranger ;
L'eau vive des jardins n'a plus de chanson douce,
L'aube ne dore plus le ciel pur et léger.

Oh ! que ton jeune amour, ce papillon léger,
Revienne vers mon cœur d'une aile prompte et douce,
Et qu'il parfume encor les fleurs de l'oranger,
Les roses d'Ispahan dans leur gaîne de mousse !

LECONTE DE LISLE, *Poèmes tragiques.*

La pipe

Hier, j'ai trouvé ma pipe en rêvant une longue soirée de travail, de beau travail d'hiver. Jetées les cigarettes avec toutes les joies enfantines de l'été dans le passé qu'illuminent les feuilles bleues de soleil, les mousselines et reprise ma grave pipe par un homme sérieux qui veut fumer longtemps sans se déranger, afin de mieux travailler : mais je ne m'attendais pas à la surprise que préparait cette délaissée, à peine eus-je tiré la première bouffée, j'oubliai mes grands livres à faire, émerveillé, attendri, je respirai l'hiver dernier qui revenait. Je n'avais pas touché à la fidèle amie depuis ma rentrée en France, et tout Londres, Londres tel que je le vécus en entier à moi seul, il y a un an, est apparu ; d'abord les chers brouillards qui emmitouflent nos cervelles et ont, là-bas, une odeur à eux, quand ils pénètrent sous la croisée. Mon tabac sentait une chambre sombre aux meubles de cuir saupoudrés par la poussière du charbon sur lesquels se roulait le maigre chat noir ; les grands feux ! et la bonne aux bras rouges versant les charbons, et le bruit de ces charbons tombant du seau de tôle dans la corbeille de fer, le matin – alors que le facteur frappait le double coup solennel, qui me faisait vivre ! J'ai revu par les fenêtres ces arbres malades du square désert – j'ai vu le large, si souvent traversé cet hiver-là, grelottant sur le pont du steamer mouillé de bruine et noirci de fumée – avec ma pauvre bien-aimée errante, en habits de voyageuse, une longue robe terne couleur de la poussière des routes, un manteau qui collait humide à ses épaules froides, un de ces chapeaux de paille sans plume et presque sans rubans, que les riches dames jettent en arrivant, tant ils sont déchiquetés par l'air de la mer et que les pauvres bien-aimées regarnissent pour bien des saisons encore. Autour de son cou s'enroulait le terrible mouchoir qu'on agite en se disant adieu pour toujours.

STÉPHANE MALLARMÉ, *Poèmes en prose.*

Les jours passaient rapidement à ce travail formidable. Les chiens n'avaient rien à faire que de rapporter au camp de temps à autre le gibier tué par Thornton, et en cette période, Buck passa de longues heures à rêver au coin du feu à ces choses primitives dont il avait la confuse nostalgie.

Alors, aux visions troubles des époques lointaines, venait se joindre l'appel qui résonnait au fond de la forêt, éveillant en lui une foule de désirs indéfinissables et d'étranges sensations. Mû par un pouvoir plus fort que sa volonté, il partait en quête, cherchant obscurément à découvrir l'origine de l'écho qui résonnait en lui. Errant dans la forêt, il humait avec ivresse la senteur de la mousse fraîche et des herbes longues couvrant le sol noir, parmi l'humus séculaire ; et ces odeurs salubres le remplissaient d'une joie mystérieuse déjà ressentie, lui semblait-il.

Alors le souvenir de l'Homme aux longs bras, couvert de poils, qu'il suivait jadis, lui revenait plus vif ; il s'attendait presque à le trouver, au détour du sentier marqué dans les taillis par le passage fréquent des bêtes sauvages, et il quêtait plus ardemment...

JACK LONDON, *L'Appel de la forêt.*

Ô notre lit tout nu ! Une lampe éclatante, penchée sur lui, le dévêt encore. Nous n'y cherchons pas, au crépuscule, l'ombre savante, d'un gris d'araignée, que filtre un dais de dentelle, ni la rose lumière d'une veilleuse couleur de coquillage… Astre sans aube et sans déclin, notre lit ne cesse de flamboyer que pour s'enfoncer dans une nuit profonde et veloutée.

Un halo de parfum le nimbe. Il embaume, rigide et blanc, comme le corps d'une bienheureuse défunte. C'est un parfum compliqué qui surprend, qu'on respire attentivement, avec le souci d'y démêler l'âme blonde de ton tabac favori, l'arôme plus blond de ta peau si claire, et ce santal brûlé qui s'exhale de moi ; mais cette agreste odeur d'herbes écrasées, qui peut dire si elle est mienne ou tienne ?

Reçois-nous ce soir, ô notre lit, et que ton frais vallon se creuse un peu plus sous la torpeur fiévreuse dont nous enivra une journée de printemps, dans les jardins et dans les bois.

Je gis sans mouvement, la tête sur ta douce épaule. Je vais sûrement, jusqu'à demain, descendre au fond d'un noir sommeil, un sommeil si têtu, si fermé, que les ailes des rêves le viendront battre en vain. Je vais dormir… Attends seulement que je cherche, pour la plante de mes pieds qui fourmille et brûle, une place toute fraîche… Tu n'as pas bougé. Tu respires à longs traits, mais je sens ton épaule encore éveillée, attentive à se creuser sous ma joue… Dormons… Les nuits de mai sont si courtes. Malgré l'obscurité bleue qui nous baigne, mes paupières sont encore pleines de soleil, de flammes roses, d'ombres qui bougent, balancées, et je contemple ma journée les yeux clos, comme on se penche, derrière l'abri d'une persienne, sur un jardin d'été éblouissant…

Comme mon cœur bat ! J'entends aussi le tien sous mon oreille. Tu ne dors pas ? Je lève un peu la tête, je devine la pâleur de ton visage renversé, l'ombre fauve de tes courts cheveux. Tes genoux sont frais comme deux oranges… Tourne-toi de mon côté, pour que les miens leur volent cette lisse fraîcheur…

Ah ! dormons !… Mille fois mille fourmis courent avec mon sang sous ma peau. Les muscles de mes mollets battent, mes oreilles tressaillent, et notre doux lit, ce soir, est-il jonché d'aiguilles de pin ? Dormons ! je le veux !

Je ne puis dormir. Mon insomnie heureuse palpite, allègre, et je devine, en ton immobilité, le même accablement frémissant… Tu ne bouges pas. Tu espères que je dors. Ton bras se resserre parfois autour de moi, par tendre habitude, et tes pieds charmants s'enlacent aux miens… Le sommeil s'approche, me frôle et fuit… Je le vois ! Il est pareil à ce papillon de lourd velours que je poursuivais, dans le jardin enflammé d'iris… Tu te souviens ? Quelle lumière, quelle jeunesse impatiente exaltait toute cette journée !… Une brise acide et pressée jetait sur le soleil une fumée de nuages rapides, fanait en passant les feuilles trop tendres des tilleuls, et les fleurs du noyer tombaient en chenilles roussies sur nos cheveux, avec les fleurs des paulownias, d'un mauve pluvieux du ciel parisien… Les pousses des cassis que tu froissais, l'oseille sauvage en rosace parmi le gazon, la menthe toute jeune, encore brune, la sauge duvetée comme une oreille de lièvre, – tout débordait d'un suc énergique et poivré, dont je mêlais sur mes lèvres le goût d'alcool et de citronnelle…

COLETTE, *Les Vrilles de la vigne.*

Laisse-moi. Je suis malade et méchante, comme la mer. Resserre autour de mes jambes ce plaid, mais emporte cette tasse fumante, qui fleure le foin mouillé, le tilleul, la violette fade... Je ne veux rien, que détourner la tête et ne plus voir la mer, ni le vent qui court, visible, en risées sur le sable, en poudre d'eau sur la mer. Tantôt il bourdonne, patient et contenu, tapi derrière la dune, enfoui plus loin que l'horizon... Puis il s'élance, avec un cri guerrier, secoue humainement les volets, et pousse sous la porte, en frange impalpable, la poussière de son pas éternel...

Ah ! qu'il me fait mal ! Je n'ai plus en moi une place secrète, un coin abrité, et mes mains posées à plat sur mes oreilles n'empêchent qu'il traverse et refroidisse ma cervelle... Nue, balayée, dispersée, je resserre en vain les lambeaux de ma pensée ; – elle m'échappe, palpitante, comme un manteau arraché, comme une mouette dont on tient les pattes et qui se délivre en claquant des ailes...

Laisse-moi, toi qui viens doucement, pitoyable, poser tes mains sur mon front. Je déteste tout, et par-dessus tout la mer ! Va la regarder, toi qui l'aimes ! Elle bat la terrasse, elle fermente, fuse en mousse jaune, elle miroite, couleur de poisson mort, elle emplit l'air d'une odeur d'iode et de fertile pourriture. Sous la vague plombée, je devine le peuple abominable des bêtes sans pieds, plates, glissantes, glacées... Tu ne sens donc pas que le flot et le vent portent, jusque dans cette chambre, l'odeur d'un coquillage gâté ?... Oh ! reviens, toi qui peux presque tout pour moi ! Ne me laisse pas seule ! Donne, sous mes narines que le dégoût pince et décolore, donne tes mains parfumées, donne tes doigts secs et chauds et fins comme des lavandes de montagne… Reviens ! Tiens-toi tout près de moi, ordonne à la mer de s'éloigner ! Fais un signe au vent, et qu'il vienne se coucher sur le sable, pour y jouer en rond avec les coquilles… Fais un signe : il s'assoira sur la dune, léger, et s'amusera, d'un souffle, à changer la forme des mouvantes collines…

Ah ! tu secoues la tête… Tu ne veux pas, – tu ne peux pas. Alors, va-t'en, abandonne-moi sans secours dans la tempête, et qu'elle abatte la muraille et qu'elle entre et m'emporte ! Quitte la chambre, que je n'entende plus le bruit inutile de ton pas. Non, non, pas de caresses ! Tes mains magiciennes, et ton accablant regard, et ta bouche, qui dissout le souvenir d'autres bouches, seraient sans force aujourd'hui. Je regrette, aujourd'hui, quelqu'un qui me posséda avant tous, avant toi, avant que je fusse une femme.

J'appartiens à un pays que j'ai quitté. Tu ne peux empêcher qu'à cette heure s'y épanouisse au soleil toute une chevelure embaumée de forêts. Rien ne peut empêcher qu'à cette heure l'herbe profonde y noie le pied des arbres, d'un vert délicieux et apaisant dont mon âme a soif… Viens, toi qui l'ignores, viens que je te dise tout bas : le parfum des bois de mon pays égale la fraise et la rose ! Tu jurerais, quand les taillis de ronces y sont en fleurs, qu'un fruit mûrit on ne sait où, – là-bas, ici, tout près, – un fruit insaisissable qu'on aspire en ouvrant les narines. Tu jurerais, quand l'automne pénètre et meurtrit les feuillages tombés, qu'une pomme trop mûre vient de choir, et tu la cherches et tu la flaires, ici, là-bas, tout près…

Et si tu passais en juin, entre les prairies fauchées, à l'heure où la lune ruisselle sur les meules rondes qui sont les dunes de mon pays, tu sentirais, à leur parfum, s'ouvrir ton cœur. Tu fermerais les yeux, avec cette fierté grave dont tu voiles ta volupté, et tu laisserais tomber ta tête, avec un muet soupir…

Et si tu arrivais, un jour d'été, dans mon pays, au fond d'un jardin que je connais, un jardin noir de verdure et sans fleurs, si tu regardais bleuir, au lointain, une montagne ronde où les cailloux, les papillons et les chardons se teignent du même azur mauve et poussiéreux, tu m'oublierais, et tu t'assoirais là, pour n'en plus bouger jusqu'au terme de ta vie.

Il y a encore, dans mon pays, une vallée étroite comme un berceau où, le soir, s'étire et flotte un fil de brouillard, un brouillard ténu, blanc, vivant, un gracieux spectre de brume couché sur l'air humide… Animé d'un lent mouvement d'onde, il se fond en lui-même et se fait tour à tour nuage, femme endormie, serpent langoureux, cheval à cou de chimère… Si tu restes trop tard penché vers lui sur l'étroite vallée, à boire l'air glacé qui porte ce brouillard vivant comme une âme, un frisson te saisira, et toute la nuit tes songes seront fous…

COLETTE, *Les Vrilles de la vigne.*

En vraie provinciale, ma charmante mère, « Sido », tenait souvent ses yeux de l'âme fixés sur Paris. Théâtres de Paris, modes, fêtes de Paris, ne lui étaient ni indifférents, ni étrangers. Tout au plus les aimait-elle d'une passion un peu agressive, rehaussée de coquetteries, bouderies, approches stratégiques et danses de guerre. Le peu qu'elle goûtait de Paris, tous les deux ans environ, l'approvisionnait pour le reste du temps. Elle revenait chez nous lourde de chocolat en barre, de denrées exotiques et d'étoffes en coupons, mais surtout de programmes de spectacles et d'essence à la violette, et elle commençait de nous peindre Paris dont tous les attraits étaient à sa mesure, puisqu'elle ne dédaignait rien.

En une semaine elle avait visité la momie exhumée, le musée agrandi, le nouveau magasin, entendu le ténor et la conférence sur la *Musique birmane*. Elle rapportait un manteau modeste, des bas d'usage, des gants très chers. Surtout elle nous rapportait son regard gris voltigeant, son teint vermeil que la fatigue rougissait, elle revenait ailes battantes, inquiète de tout ce qui, privé d'elle, perdait la chaleur et le goût de vivre. Elle n'a jamais su qu'à chaque retour l'odeur de sa pelisse en ventre-de-gris, pénétrée d'un parfum châtain clair, féminin, chaste, éloigné des basses séductions axillaires, m'ôtait la parole et jusqu'à l'effusion.

COLETTE, *Sido*.

Je ne quittais pas ma mère des yeux, je savais que quand on serait à table, on ne me permettrait pas de rester pendant toute la durée du dîner et que pour ne pas contrarier mon père, maman ne me laisserait pas l'embrasser à plusieurs reprises devant le monde, comme si ç'avait été dans ma chambre. Aussi je me promettais, dans la salle à manger, pendant qu'on commencerait à dîner et que je sentirais approcher l'heure, de faire d'avance de ce baiser qui serait si court et furtif, tout ce que j'en pouvais faire seul, de choisir avec mon regard la place de la joue que j'embrasserais, de préparer ma pensée pour pouvoir grâce à ce commencement mental de baiser consacrer toute la minute que m'accorderait maman à sentir sa joue contre mes lèvres, comme un peintre qui ne peut obtenir que de courtes séances de pose, prépare sa palette, et a fait d'avance de souvenir, d'après ses notes, tout ce pour quoi il pouvait à la rigueur se passer de la présence du modèle. Mais voici qu'avant que le dîner fût sonné mon grand-père eut la férocité inconsciente de dire : « Le petit a l'air fatigué, il devrait monter se coucher. On dîne tard du reste ce soir. » Et mon père, qui ne gardait pas aussi scrupuleusement que ma grand-mère et que ma mère la foi des traités, dit : « Oui, allons, va te coucher. » Je voulus embrasser maman, à cet instant on entendit la cloche du dîner. « Mais non, voyons, laisse ta mère, vous vous êtes assez dit bonsoir comme cela, ces manifestations sont ridicules. Allons, monte ! » Et il me fallut partir sans viatique ; il me fallut monter chaque marche de l'escalier, comme dit l'expression populaire, à « contrecœur », montant contre mon cœur qui voulait retourner près de ma mère parce qu'elle ne lui avait pas, en m'embrassant, donné licence de me suivre. Cet escalier détesté où je m'engageais toujours si tristement, exhalait une odeur de vernis qui avait en quelque sorte absorbé, fixé, cette sorte particulière de chagrin que je ressentais chaque soir et la rendait peut-être plus cruelle encore pour ma sensibilité parce que sous cette forme olfactive mon intelligence n'en pouvait plus prendre sa part. Quand nous dormons et qu'une rage de dents n'est encore perçue par nous que comme une jeune fille que nous nous efforçons deux cents fois de suite de tirer de l'eau et que comme un vers de Molière que nous nous répétons sans arrêter, c'est un grand soulagement de nous réveiller et que notre intelligence puisse débarrasser l'idée de rage de dents, de tout déguisement héroïque et cadencé. C'est l'inverse de ce soulagement que j'éprouvais quand mon chagrin de monter dans ma chambre entrait en moi d'une façon infiniment plus rapide, presque instantanée, à la fois insidieuse et brusque, par l'inhalation – beaucoup plus toxique que la pénétration morale – de l'odeur de vernis particulière à cet escalier. Une fois dans ma chambre, il fallait boucher toutes les issues, fermer les volets, creuser mon propre tombeau en défaisant mes couvertures, revêtir le suaire de ma chemise de nuit. Mais avant de m'ensevelir dans le lit de fer qu'on avait ajouté dans la chambre parce que j'avais trop chaud l'été sous les courtines de reps du grand lit, j'eus un mouvement de révolte, je voulus essayer d'une ruse de condamné. J'écrivis à ma mère en la suppliant de monter pour une chose grave que je ne pouvais lui dire dans ma lettre.

MARCEL PROUST, *Du côté de chez Swann.*

Ma tante n'habitait plus effectivement que deux chambres contiguës, restant l'après-midi dans l'une pendant qu'on aérait l'autre. C'étaient de ces chambres de province qui – de même qu'en certains pays des parties entières de l'air ou de la mer sont illuminées ou parfumées par des myriades de protozoaires que nous ne voyons pas – nous enchantent des mille odeurs qu'y dégagent les vertus, la sagesse, les habitudes, toute une vie secrète, invisible, surabondante et morale que l'atmosphère y tient en suspens ; odeurs naturelles encore, certes, et couleur du temps comme celles de la campagne voisine, mais déjà casanières, humaines et renfermées, gelée exquise industrieuse et limpide de tous les fruits de l'année qui ont quitté le verger pour l'armoire ; saisonnières, mais mobilières et domestiques, corrigeant le piquant de la gelée blanche par la douceur du pain chaud, oisives et ponctuelles comme une horloge de village, flâneuses et rangées, insoucieuses et prévoyantes, lingères, matinales, dévotes, heureuses d'une paix qui n'apporte qu'un surcroît d'anxiété et d'un prosaïsme qui sert de grand réservoir de poésie à celui qui la traverse sans y avoir vécu. L'air y était saturé de la fine fleur d'un silence si nourricier, si succulent que je ne m'y avançais qu'avec une sorte de gourmandise, surtout par ces premiers matins encore froids de la semaine de Pâques où je le goûtais mieux parce que je venais seulement d'arriver à Combray : avant que j'entrasse souhaiter le bonjour à ma tante on me faisait attendre un instant, dans la première pièce où le soleil, d'hiver encore, était venu se mettre au chaud devant le feu, déjà allumé entre les deux briques et qui badigeonnait toute la chambre d'une odeur de suie, en faisait comme un de ces grands « devants de four » de campagne, ou de ces manteaux de cheminée de châteaux, sous lesquels on souhaite que se déclarent dehors la pluie, la neige, même quelque catastrophe diluvienne pour ajouter au confort de la réclusion la poésie de l'hivernage ; je faisais quelques pas du prie-Dieu aux fauteuils en velours frappé, toujours revêtus d'un appui-tête au crochet ; et le feu cuisant comme une pâte les appétissantes odeurs dont l'air de la chambre était tout grumeleux et qu'avait déjà fait travailler et « lever » la fraîcheur humide et ensoleillée du matin, il les feuilletait, les dorait, les godait, les boursouflait, en faisant un invisible et palpable gâteau provincial, un immense « chausson » où, à peine goûtés les arômes plus croustillants, plus fins, plus réputés, mais plus secs aussi du placard, de la commode, du papier à ramages, je revenais toujours avec une convoitise inavouée m'engluer dans l'odeur médiane, poisseuse, fade, indigeste et fruitée du couvre-lit à fleurs.

Dans la chambre voisine, j'entendais ma tante qui causait toute seule à mi-voix. [...]

Au bout d'un moment, j'entrais l'embrasser ; Françoise faisait infuser son thé ; ou, si ma tante se sentait agitée, elle demandait à la place sa tisane et c'était moi qui étais chargé de faire tomber du sac de pharmacie dans une assiette la quantité de tilleul qu'il fallait mettre ensuite dans l'eau bouillante. Le dessèchement des tiges les avait incurvées en un capricieux treillage dans les entrelacs duquel s'ouvraient les fleurs pâles, comme si un peintre les eût arrangées, les eût fait poser de la façon la plus ornementale. Les feuilles, ayant perdu ou changé leur aspect, avaient l'air des choses les plus disparates, d'une aile transparente de mouche, de l'envers blanc d'une étiquette, d'un pétale de rose, mais qui eussent été empilées, concassées ou tressées comme dans la confection d'un nid. Mille petits détails inutiles – charmante prodigalité du pharmacien – qu'on eût supprimés dans une préparation factice, me donnaient, comme un livre où on s'émerveille de rencontrer le nom d'une personne de connaissance, le plaisir de comprendre que c'était bien des tiges de vrais tilleuls, comme ceux que je voyais avenue de la Gare, modifiées, justement parce que c'étaient non des doubles, mais elles-mêmes et qu'elles avaient vieilli. Et chaque caractère nouveau n'y étant que la métamorphose d'un caractère ancien, dans de petites boules grises je reconnaissais les boutons verts qui ne sont pas venus à terme ; mais surtout l'éclat rose, lunaire et doux qui faisait se détacher les fleurs dans la forêt fragile des tiges où elles étaient suspendues comme de petites roses d'or – signe, comme la lueur qui révèle encore sur une muraille la place d'une fresque effacée, de la différence entre les parties de l'arbre qui avaient été « en couleur » et celles qui ne l'avaient pas été – me montrait que ces pétales étaient bien ceux qui avant de fleurir le sac de pharmacie avaient embaumé les soirs de printemps. Cette flamme rose de cierge, c'était leur couleur encore, mais à demi éteinte et assoupie dans cette vie diminuée qu'était la leur maintenant et qui est comme le crépuscule des fleurs. Bientôt ma tante pouvait tremper dans l'infusion bouillante dont elle savourait le goût de feuille morte ou de fleur fanée une petite madeleine dont elle me tendait un morceau quand il était suffisamment amolli.

MARCEL PROUST, *Du côté de chez Swann.*

Je m'engageai dans le petit escalier qui conduisait à son cabinet de travail. À cause de l'odeur du papier peint et du bruit sec des marches de bois creux résonnant sous les pas, cet escalier était, infiniment plus que le corridor, une voie symbolique, une montée vers le destin. J'avais gravi maintes fois ces marches pour d'importants motifs, traînant après moi l'angoisse d'une conscience tourmentée, le cœur plein de défi et de colère aveugle, et il n'était pas rare que je redescendisse libéré, raffermi.

Dans notre demeure, le rez-de-chaussée était le domaine de la mère et de l'enfant : on y respirait un air d'innocence. En haut, régnaient la puissance et l'esprit. C'est là que se trouvaient le tribunal et le temple, le « Royaume du Père ». Haletant légèrement comme toujours, j'appuyai sur l'antique poignée et entrouvris la porte. L'odeur de la chambre d'étude m'était familière : cela sentait les livres et l'encre. Subtilement répandu dans la clarté bleue que laissaient filtrer des rideaux blancs immaculés, derrière des fenêtres mi-closes, on percevait un relent d'eau de Cologne, et, sur le bureau, il y avait une pomme. Mais la chambre était vide.

J'éprouvai à la fois déception et soulagement. [...]

J'arrivai près du bureau, je pris un livre au hasard ; je lus un titre en anglais que je ne compris pas. D'ailleurs, je détestais cette langue : mes parents y avaient recours lorsque nous ne devions pas les comprendre, ou lorsqu'ils se disputaient. Dans une coupe, j'aperçus de menus objets : cure-dents, plumes d'acier, épingles. Je pris deux plumes et les glissai dans ma poche, Dieu sait pourquoi ! Je n'en avais aucun besoin et je ne manquais pas de plumes. Mon geste n'avait d'autre but que d'obéir aveuglément à cette puissance qui m'avait presque étouffé, qui m'avait contraint à faire le mal et à me charger de fautes. Je fouillai dans les papiers de mon père, j'y trouvai une lettre commencée où je lus ces mots : « Nous allons très bien, ainsi que les enfants, grâce à Dieu… » Les caractères latins de l'écriture semblaient autant de regards fixés sur moi. Je passai ensuite à pas feutrés dans la chambre à coucher.

Là se trouvaient son lit de camp à tiges de fer, ses pantoufles brunes ; un mouchoir était plié sur la table de nuit. Je respirais l'atmosphère paternelle dans cette pièce claire et fraîche ; l'image du Père m'apparut distinctement, tandis que dans mon cœur endolori s'affrontaient des sentiments contradictoires de révolte et de vénération. Par moments, je le haïssais et je me rappelais le malin plaisir que j'éprouvais à le voir gisant et silencieux, allongé sur son lit de camp, en proie au mal de tête, soupirant, un linge humide sur le front. Je sentais bien que, lui non plus, le Maître, il n'avait pas une vie facile, qu'à lui non plus, le Grand Dignitaire, le doute sur soi-même et l'angoisse n'étaient pas épargnés.

Déjà, cette étrange haine s'était dissipée, faisant place à la pitié et à l'attendrissement. Mais, entre-temps, j'avais ouvert l'un des tiroirs de la commode. Il y avait là du linge empilé et un flacon d'eau de Cologne, dont il usait volontiers. Je voulus en respirer le parfum, mais le flacon n'était pas encore ouvert et il était solidement bouché. Je le remis à sa place. Tout près, se trouvait une petite boîte de jus de réglisse. J'en suçai quelques-uns. Je me sentais un peu déçu, désenchanté, et, en même temps, heureux de ne rien découvrir d'autre à prendre, J'allais abandonner la partie, quand j'essayai, par jeu, un autre tiroir. J'avais le cœur plus léger et j'étais résolu à remettre à leur place les deux plumes d'acier dérobées.

HERMANN HESSE, *Le Dernier été de Klingsor.*

Tout ça, c'était pur !

Là, il faut que je m'arrête et que je vous dise bien, parce que c'est ça qui faisait la force de toute la musique, combien on avait entassé de choses pures là-dedans.

Ce qui frappait, ce qui ravissait la volonté de bouger bras et jambes, et qui gonflait votre respiration, c'était la pureté.

C'était une eau pure et froide et que le gosier ne s'arrêtait pas de vouloir et d'avaler ; on en était tout tremblant ; on était à la fois dans une fleur et on avait une fleur dans soi, comme une abeille saoule qui se roule au fond d'une fleur.

Le plus fort, c'est que c'était dit avec nos mots et de notre manière à nous.

Moi, vous savez, c'est pas pour dire, mais j'ai entendu déjà pas mal de musique et même, une fois, la musique des tramways qui est venue donner un concert à Peyruis pour la fête. J'avais payé une chaise trente sous ; c'est vrai qu'avec ça j'avais droit à un café. Y avait pas loin de moi la femme du notaire et la nièce du greffier ; et tout le temps, ç'a été des : « Oh ! ça, que c'est beau », « Oh ! ma chère, cette fantaisie de clarinette ». Moi, j'écoutais un petit bruit dans les platanes, très curieux et que je trouvais doux : c'était une feuille sèche qui tremblait au milieu du vent.

La grosse caisse en mettait à tours de bras. Alors, je suis parti sans profiter de ma chaise et de mon café pour mieux entendre ce qu'elle disait, cette feuille.

Ça vient de ce qu'on n'a pas d'instruction ; que voulez-vous qu'on y fasse ? Cette feuille-là, elle me disait plus à moi que tous les autres en train de faire les acrobates autour d'une clarinette.

C'est comme ça.

Eh bien, la musique d'Albin, elle était cette musique de feuilles de platane, et ça vous enlevait le cœur.

Savez-vous ce que je peux vous dire encore pour vous faire comprendre comment du mitan de la nuit étaient nées, vivantes, ces images ? Eh bien, voilà : je ne sais pas si ça vous est jamais arrivé, mais, chaque fois, ça me produit le même effet : c'était comme quand on apporte dans une chambre une corbeille de champignons.

Rien que l'odeur, d'un coup, ça renverse les murs et je suis dans la forêt avec la pluie dans les feuilles ; j'entends la pluie, je vois les arbres ; j'étendrais la main, sûr, je toucherais le corps d'un chêne. Eh bien ça, c'était pareil.

JEAN GIONO, *Un de Baumugnes.*

L'enfant que je fus, je continuerai de le poursuivre dans les corridors dallés blanc et noir de Grand-Lebrun, ce collège englouti au fond de mon passé, monde minuscule où pendant des années j'ai vécu d'avance ma vie d'homme, où j'ai joué avec les modèles réduits de mes passions futures. Le ciel fumeux, les platanes du jardin, la récréation de quatre heures, l'odeur de l'étude du soir… Étrange univers qui avait ses lois, ses superstitions, ses triomphes et ses désastres. L'amour de Dieu et celui des créatures y déchiraient des cœurs. La liturgie catholique imposait au temps son rythme accordé sur celui des saisons et conférait à certains jours une atmosphère solennelle de deuil, d'espérance ou de joie. […]

Nous entrions dans l'étude que chauffaient les premiers radiateurs à eau chaude ; nous entrions dans l'odeur des pensionnaires et dans celle du surveillant, odeur aigre, indéfinissable, qui ne me déplaisait pas. Une demi-heure consacrée aux leçons, puis une brève récréation, et enfin deux heures de classe, encore un quart d'heure pour jouer, et de nouveau l'étude jusqu'à midi. À 1 heure et demie le travail reprenait jusqu'à 6 heures et demie, avec une interruption d'une demi-heure pour le goûter. 6 heures et demie ! Instant qui, aujourd'hui encore, après un quart de siècle, a gardé pour moi un goût délicieux de délivrance. À vrai dire, je commençais de n'être plus malheureux pendant la longue étude du soir. Le retour à la maison était proche. Rien ne me menaçait plus. Ce long temps que j'aurais pu consacrer à mes devoirs, c'était pour écrire mon journal, ou des poèmes, que j'en usais. Très tôt m'a tenu le besoin d'écrire, de me délivrer par l'écriture. Que ne donnerais-je pas pour retrouver les cahiers intimes de ma première adolescence que j'eus la sottise de brûler ! À travers les vitres, mon regard cherchait le ciel. Sous prétexte d'aller aux cabinets, parfois j'obtenais de sortir. J'avançais à petits pas dans la cour déserte, je respirais la nuit qui sentait les feuilles pourries, la brume ; mais je ne sais quel relent de ville composait cette odeur particulière à la banlieue.

FRANÇOIS MAURIAC, *Commencements d'une vie.*

Ô mon passé, ma petite enfance, ô chambrette, coussins brodés de petits chats rassurants, vertueuses chromos, conforts et confitures, tisanes, pâtes pectorales, arnica, papillon du gaz dans la cuisine, sirop d'orgeat, antiques dentelles, odeurs, naphtalines, veilleuses de porcelaine, petits baisers du soir, baisers de Maman qui me disait, après avoir bordé mon lit, que maintenant j'allais faire mon petit voyage dans la lune avec mon ami un écureuil. Ô mon enfance, gelées de coings, bougies roses, journaux illustrés du jeudi, ours en peluche, convalescences chéries, anniversaires, lettres du Nouvel An sur du papier à dentelures, dindes de Noël, fables de La Fontaine idiotement récitées debout sur la table, bonbons à fleurettes, attentes des vacances, cerceaux, diabolos, petites mains sales, genoux écorchés et j'arrachais la croûte toujours trop tôt, balançoires des foires, cirque Alexandre où elle me menait une fois par an et auquel je pensais des mois à l'avance, cahiers neufs de la rentrée, sac d'école en faux léopard, plumiers japonais, plumiers à plusieurs étages, plumes sergent-major, plumes baïonnette de Blanzy Poure, goûters de pain et de chocolat, noyaux d'abricots thésaurisés, boîte à herboriser, billes d'agate, chansons de Maman, leçons qu'elle me faisait repasser le matin, heures passées à la regarder cuisiner avec importance, enfance, petites paix, petits bonheurs, gâteaux de Maman, sourires de Maman, ô tout ce que je n'aurai plus, ô charmes, ô sons morts du passé, fumées enfuies et dissoutes saisons. Les rives s'éloignent. Ma mort approche.

ALBERT COHEN, *Le Livre de ma mère.*

Remâchant une légère envie, Oscar par la suite regardait les cartables des garçons de son âge, où sur les côtés les éponges et les torchons des ardoises brinquebalaient en évidence. Pourtant, il ne put pas se rappeler avoir jamais eu des idées comme : tu l'as bien cherché, Oscar. Tu aurais dû faire bonne mine au jeu scolaire. Tu n'aurais pas dû te brouiller à perpétuité avec la Spollenhauer. Ces garnements te dépassent ! Ils ont avalé le grand ou le petit ABC, tandis que tu n'es pas même capable de tenir les *Dernières Nouvelles* à l'endroit.

Une légère envie, disais-je à l'instant ; ce n'était pas davantage. Il m'avait suffi d'un échantillon olfactif pour avoir l'école dans le nez de façon définitive. Avez-vous une fois flairé les éponges et chiffons mal lavés, à demi rongés, de ces ardoises à bords jaunes effrités, qui conservent dans le cuir premier prix des cartables les émanations de toute calligraphie, les effluves de la table de multiplication, la sueur de crayons d'ardoise grinçants, hésitants, déraillants, humectés de crachat ?

GÜNTER GRASS, *Le Tambour*.

Sillages envoûtants

Calypso, étonnée et attendrie de voir dans une si vive jeunesse tant de sagesse et d'éloquence, ne pouvait rassasier ses yeux en le regardant ; et elle demeurait en silence. Enfin elle lui dit : « Télémaque, nous vous apprendrons ce qui est arrivé à votre père. Mais l'histoire en est longue : il est temps de vous délasser de tous vos travaux. Venez dans ma demeure, où je vous recevrai comme mon fils : venez ; vous serez ma consolation dans cette solitude ; et je ferai votre bonheur, pourvu que vous sachiez en jouir. »

Télémaque suivait la déesse environnée d'une foule de jeunes nymphes, au-dessus desquelles elle s'élevait de toute la tête, comme un grand chêne dans une forêt élève ses branches épaisses au-dessus de tous les arbres qui l'environnent. Il admirait l'éclat de sa beauté, la riche pourpre de sa robe longue et flottante, ses cheveux noués par-derrière négligemment mais avec grâce, le feu qui sortait de ses yeux et la douceur qui tempérait cette vivacité. Mentor, les yeux baissés, gardant un silence modeste, suivait Télémaque.

On arriva à la porte de la grotte de Calypso, où Télémaque fut surpris de voir, avec une apparence de simplicité rustique, tout ce qui peut charmer les yeux. On n'y voyait ni or, ni argent, ni marbre, ni colonnes, ni tableaux, ni statues : cette grotte était taillée dans le roc, en voûte pleine de rocailles et de coquilles ; elle était tapissée d'une jeune vigne qui étendait ses branches souples également de tous côtés. Les doux zéphyrs conservaient en ce lieu, malgré les ardeurs du soleil, une délicieuse fraîcheur. Des fontaines, coulant avec un doux murmure sur des prés semés d'amarantes et de violettes, formaient en divers lieux des bains aussi purs et aussi clairs que le cristal ; mille fleurs naissantes émaillaient les tapis verts dont la grotte était environnée. Là on trouvait un bois de ces arbres touffus qui portent des pommes d'or, et dont la fleur, qui se renouvelle dans toutes les saisons, répand le plus doux de tous les parfums. Ce bois semblait couronner ces belles prairies et formait une nuit que les rayons du soleil ne pouvaient percer. Là on n'entendait jamais que le chant des oiseaux ou le bruit d'un ruisseau, qui, se précipitant du haut d'un rocher, tombait à gros bouillons pleins d'écume et s'enfuyait au travers de la prairie.

La grotte de la déesse était sur le penchant d'une colline. De là on découvrait la mer, quelquefois claire et unie comme une glace, quelquefois follement irritée contre les rochers, où elle se brisait en gémissant, et élevant ses vagues comme des montagnes. D'un autre côté, on voyait une rivière où se formaient des îles bordées de tilleux fleuris et de hauts peupliers qui portaient leurs têtes superbes jusque dans les nues. Les divers canaux qui formaient les îles semblaient se jouer dans la campagne : les uns roulaient leurs eaux claires avec rapidité ; d'autres avaient une eau paisible et dormante ; d'autres, par de longs détours, revenaient sur leurs pas, comme pour remonter vers leur source, et semblaient ne pouvoir quitter ces bords enchantés. On apercevait de loin des collines et des montagnes qui se perdaient dans les nues et dont la figure bizarre formait un horizon à souhait pour le plaisir des yeux. Les montagnes voisines étaient couvertes de pampre vert, qui pendait en festons : le raisin, plus éclatant que la pourpre, ne pouvait se cacher sous les feuilles, et la vigne était accablée sous son fruit. Le figuier, l'olivier, le grenadier et tous les autres arbres couvraient la campagne et en faisaient un grand jardin.

FÉNELON, *Les Aventures de Télémaque.*

Le marchand de parfums

Tu prétends que Karoûn et que Balkis ne possédaient pas des parfums plus suaves que les tiens ; tu prétends que les jardins de Marib n'exhalent pas des odeurs plus pénétrantes.

Je n'ai connu ni Karôun ni Balkis, je n'ai jamais traversé les jardins de Marib, mais j'ai respiré le parfum de ma bien-aimée.

À présent, ma bien-aimée boit les eaux sacrées du Kaoussar, ma bien-aimée est retournée à Dieu, et je cherche son parfum.

Je l'ai demandé au vent du sud, qui avait saccagé des oasis ; au vent du nord, qui avait caressé les fleurs blanches des montagnes ; je l'ai demandé à l'haleine du printemps.

Mais l'haleine du printemps ne charriait pas assez d'arômes, le vent du nord n'avait pas caressé les seins de ma bien-aimée, et le vent du sud n'avait pas emmêlé sa chevelure.

Marchand de parfums, ne me montre pas tes buires.

Traduit de l'arabe par FRANZ TOUSSAINT,
Le Jardin des caresses.

Quelque temps après, il arriva qu'un jeune comte, accompagné de son intendant avec lequel il voyageait, visita le cloître et désira en voir les nombreuses curiosités. Je dus lui ouvrir la chambre aux reliques. Nous y entrâmes, mais le prieur, qui était avec nous lorsque nous visitions le chœur et l'église, avait, à ce moment-là, été appelé ailleurs, de sorte que je restais seul avec les étrangers.

Je leur avais tout montré et expliqué pièce par pièce, quand les élégantes sculptures médiévales de la fameuse armoire contenant le coffret de l'élixir du diable frappèrent les regards du comte. Bien que je n'eusse pas alors l'intention de leur dire ce qu'il y avait dans l'armoire, le comte et son intendant me le demandèrent avec tant d'insistance que je leur racontais la légende de saint Antoine et la perfidie du diable. Je m'en tins fidèlement aux paroles de Frère Cyrille, sur la fiole conservée comme relique. J'ajoutai même son avertissement concernant le danger qu'il y avait à ouvrir le coffret et à faire voir la bouteille.

Quoique le comte fût attaché à notre religion, il parut aussi peu enclin que l'intendant à croire à la vraisemblance de la légende sainte. Ils se répandirent tous deux en remarques spirituelles et en saillies sur le rôle comique du diable portant, sous un manteau troué, les flacons tentateurs. Puis l'intendant prit une mine sérieuse et dit :

– Mon révérend, ne vous fâchez pas contre nous, légers hommes du monde. Monsieur le comte et moi, soyez-en convaincu, nous honorons les saints comme des hommes remarquables, hautement inspirés par la religion, qui ont sacrifié au salut de leur âme aussi bien qu'au salut de l'humanité toutes les joies de la vie, la vie même parfois. Mais, pour ce qui a trait à des histoires comme celle que vous venez de nous raconter, nous ne voyons là qu'une ingénieuse allégorie imaginée par saint Antoine et qui, n'ayant pas été comprise, est devenue par la suite une aventure réelle.

Tout en parlant, il avait ouvert le coffre, en en faisant glisser rapidement le couvercle à coulisse, et il en sortait une bouteille noire et d'une forme étrange. Il se répandit vraiment, comme le Frère Cyrille me l'avait dit, un parfum très fort, qui, cependant, n'avait rien d'étourdissant ; il était, au contraire, d'un effet agréable et bienfaisant.

– Eh ! dit le comte, je parie que l'élixir du diable n'est rien d'autre que du délicieux et véritable vin de Syracuse.

– Sans aucun doute, dit l'intendant, et, si la bouteille provient réellement de la succession de Saint Antoine, alors, mon cher maître, vous êtes plus heureux que le roi de Naples, que la mauvaise habitude des Romains de ne pas boucher leur vin, mais de le conserver en versant dessus de l'huile goutte à goutte, priva du plaisir de goûter au vin de la Rome antique. Si celui-ci n'est pas, à beaucoup près, aussi vieux que l'autre, il est pourtant, certes, du plus vieux qu'il puisse y avoir ; pour cette raison, vous feriez bien d'employer la relique à votre usage et de la siroter avec confiance.

– Certainement, dit le comte.

– Et cet antique syracuse, mon cher maître, ferait couler dans vos veines une force nouvelle et chasserait la maladie qui semble vous tourmenter.

L'intendant prit dans sa poche un tire-bouchon et, malgré mes protestations, il déboucha le flacon.

Il me sembla qu'à la suite du bouchon sortait une petite flamme bleue, qui disparut aussitôt. Le parfum monta plus épais de la bouteille et se répandit dans la pièce. L'intendant but le premier et s'écria avec enthousiasme :

– Délicieux ! du syracuse parfait ! En somme, la cave de Saint Antoine n'était pas mauvaise et, si le diable lui servait de sommelier, il ne voulait pas au saint homme autant de mal qu'on le croit. Goûtez-y, mon cher maître. [...]

Cette étonnante boisson, me disais-je, ne pourrait-elle donner de la force à ton esprit, ne pourrait-elle rallumer la flamme éteinte et la faire briller d'une vie nouvelle ? Si ce même parfum qui étourdit le faible Cyrille a sur toi un effet bienfaisant, ne serait-ce pas la révélation d'une parenté mystérieuse de ton esprit avec les forces naturelles cachées dans ce vin ?

ERNST THEODOR AMADEUS HOFFMANN,
Les Élixirs du diable.

Musidora se dressa tout à fait sur son séant, et avec une activité de belette qui cherche un trou pour fourrer son museau pointu et entrer en quelque resserre pleine de lait et d'œufs frais, elle se mit en quête du secret qui devait ouvrir ce mystérieux portefeuille où se trouvaient sans doute de précieuses indications sur notre héros.

Elle palpa avec ses doigts, plus subtils que des tentacules d'insecte ou des cornes de colimaçon toutes les nervures et toutes les rugosités de la peau ; elle pressa l'une après l'autre les turquoises et les chrysoprases dont les deux surfaces extérieures du portefeuille étaient constellées ; elle appuya de toute sa force et jusqu'à le faire ployer son pouce frêle et mince sur les fermoirs pour vaincre la résistance des ressorts ; – autant eût valu essayer d'ouvrir un coffre-fort cerclé de fer.

L'enfant mettait dans sa recherche une telle activité, qu'une légère sueur commençait à baigner son front velouté ; depuis bien longtemps elle n'avait autant travaillé.

Enfin, désespérant de pouvoir ouvrir le fidèle portefeuille, elle sonna Jacinthe, et se fit donner des ciseaux pour couper un morceau de la couverture et parvenir à retirer par là les lettres et les papiers qui se pouvaient trouver dedans.

Mais la peau du portefeuille ne fût pas même rayée par la pointe des ciseaux fins anglais de Musidora.

C'était une peau de lézard ou de serpent dont Musidora avait pris les écailles imbriquées pour une gaufrure ou une symétrie pratiquée à dessein, plus dure que le cuir d'un paysan ou d'un buffle et qui rendait toute incision impossible.

[...] Pourtant, Musidora toucha par hasard le point secret qui faisait ouvrir le portefeuille ; – la couverture s'écarta avec un mouvement brusque et sec comme celui des joujoux à surprise.

L'enfant, effrayée, laissa tomber le portefeuille sur ses genoux, s'attendant à en voir sortir un génie irrité, comme des fioles magiques des contes arabes, ou un aspic assis en spirale sur le bout de sa queue. Pandore ne regarda pas dans une attitude plus craintive la boîte dont le couvercle, soulevé par elle, laissait échapper à travers une noire fumée tous les maux de la terre.

Cependant, voyant qu'il n'en sortait rien, elle se rassura et le reprit pour en faire l'examen et procéder à l'inventaire de ses découvertes.

Un parfum exotique et bizarre, plein de senteurs enivrantes, ne ressemblant en rien à aucune odeur connue, se répandit dans toute la chambre et mordit voluptueusement le nerf olfactif de la belle curieuse.

Elle s'arrêta un instant pour respirer cet arôme étrange, puis plongea ses doigts chercheurs dans les différents plis du portefeuille, qui étaient faits d'une soie chinoise ventre de carpe mêlée de reflets dorés et verdâtres.

La première chose qu'elle en tira fut une large fleur singulièrement découpée et dont la couleur semblait avoir disparu depuis longtemps. Cette fleur était la *Pavetta Indica* dont parle le docteur Rumphius dans son *Hortus Malabaricus*.

THÉOPHILE GAUTIER, *Fortunio*.

Avant d'entrer dans l'Eldorado il quittait ses habits de fashionable et reprenait ses vêtements indiens, la robe et le turban de mousseline à fleurs d'or, les babouches de maroquin jaune, et le kriss au manche étoilé de diamants.

Aucun des Indiens, hommes ou femmes, qui étaient enfermés dans cette prison splendide, ne savait un mot de français, et ils ignoraient complètement dans quelle partie du monde ils se trouvaient.

Ni Soudja-Sari, sa favorite, ni Rima-Pahes, à qui ses immenses cheveux noirs faisaient comme un manteau de jais, ni Koukong-Alis, aux sourcils en arc-en-ciel, ni Sacara, à la bouche épanouie comme une fleur, ni Cambana, ni Keni-Tambouhan, ne soupçonnaient qu'elles fussent à Paris, par une raison péremptoire, c'est qu'elles ne savaient pas seulement que Paris existât.

Grâce à cette ignorance, Fortunio gouvernait ce petit monde aussi despotiquement que s'il eût été au milieu des Indes.

Il passait là des journées entières, dans une immobilité complète, assis sur une pile de carreaux et les pieds appuyés sur une de ses femmes, suivant d'un regard nonchalant les spirales bleuâtres de la fumée de son hooka.

Il se plongeait délicieusement dans cet abrutissement voluptueux si cher aux Orientaux, et qui est le plus grand bonheur qu'on puisse goûter sur terre, puisqu'il est l'oubli parfait de toute chose humaine.

Des rêveries somnolentes et vagues caressaient son front à demi penché du tiède duvet de leurs ailes ; des mirages étincelants papillotaient devant ses yeux assoupis.

Du large calice des grandes fleurs indiennes, urnes et cassolettes naturelles, s'élevaient des senteurs sauvages et pénétrantes, des parfums âcres et violents, capables d'enivrer comme le vin ou l'opium ; des jets d'eau de rose s'élançaient jusqu'au linteau sculpté des arcades et retombaient en pluie fine sur leurs vasques de cristal de roche, avec un murmure d'harmonica ; pour surcroît de magnificence, le soleil, illuminant les vitres de la voûte, faisait un ciel de diamant à ce palais d'or.

C'était un conte de fées réalisé.

On était à deux mille lieues de Paris, en plein Orient, en pleines *Mille et Une Nuits*, et pourtant la rue boueuse, infecte et bruyante bourdonnait, grouillait et fourmillait à deux pas de là ; – la lanterne du commissariat de police balançait au bout d'une potence son étoile blafarde dans la brume ; les libraires vendaient les cinq codes avec leurs tranches de diverses couleurs ; la charte constitutionnelle ouvrait ses fleurs tricolores, découpées en façon de cocardes ; l'on respirait l'atmosphère de gaz hydrogène et de mélasse de la civilisation moderne ; l'on pataugeait dans le cloaque de la plus boueuse prose ; ce n'était que tumulte, fumée et pluie, laideur et misère, fronts jaunes sous un ciel gris, l'affreux, l'ignoble Paris que vous savez.

De l'autre côté du mur, un petit monde de femmes, d'oiseaux et de fleurs, un palais enchanté que le magicien Fortunio avait eu l'art de rendre invisible au milieu de Paris, ville peu favorable aux prestiges ; un rêve de poète exécuté par un millionnaire, s'épanouissait comme une fleur merveilleuse des contes arabes.

THÉOPHILE GAUTIER, *Fortunio*.

Il coula les pièces d'or dans une espèce d'aumônière du Moyen Âge pendant à sa ceinture, en répétant :

« Le pied de la princesse Hermonthis servir de serre-papier ! »

Puis, arrêtant sur moi ses prunelles phosphoriques, il me dit avec une voix stridente comme le miaulement d'un chat qui vient d'avaler une arête :

« Le vieux Pharaon ne sera pas content, il aimait sa fille, ce cher homme.

– Vous en parlez comme si vous étiez son contemporain ; quoique vieux, vous ne remontez cependant pas aux pyramides d'Égypte », lui répondis-je en riant du seuil de la boutique.

Je rentrai chez moi fort content de mon acquisition.

Pour la mettre tout de suite à profit, je posai le pied de la divine princesse Hermonthis sur une liasse de papier, ébauche de vers, mosaïque indéchiffrable de ratures, articles commencés, lettres oubliées et mises à la poste dans le tiroir, erreur qui arrive souvent aux gens distraits ; l'effet était charmant, bizarre et romantique.

Très satisfait de cet embellissement, je descendis dans la rue, et j'allai me promener avec la gravité convenable et la fierté d'un homme qui a sur tous les passants qu'il coudoie l'avantage ineffable de posséder un morceau de la princesse Hermonthis, fille de Pharaon.

Je trouvai souverainement ridicules tous ceux qui ne possédaient pas, comme moi, un serre-papier aussi notoirement égyptien ; et la vraie occupation d'un homme sensé me paraissait d'avoir un pied de momie sur son bureau.

Heureusement la rencontre de quelques amis vint me distraire de mon engouement de récent acquéreur ; je m'en allai dîner avec eux, car il m'eût été difficile de dîner avec moi.

Quand je revins le soir, le cerveau marbré de quelques veines de gris de perle, une vague bouffée de parfum oriental me chatouilla délicatement l'appareil olfactif ; la chaleur de la chambre avait attiédi le natrum, le bitume et la myrrhe dans lesquels les *paraschites* inciseurs de cadavres avaient baigné le corps de la princesse ; c'était un parfum doux quoique pénétrant, un parfum que quatre mille ans n'avaient pu faire évaporer.

Le rêve de l'Égypte était l'éternité : ses odeurs ont la solidité du granit, et durent autant.

Je bus bientôt à pleines gorgées dans la coupe noire du sommeil ; pendant une heure ou deux tout resta opaque, l'oubli et le néant m'inondaient de leurs vagues sombres.

Cependant mon obscurité intellectuelle s'éclaira, les songes commencèrent à m'effleurer de leur vol silencieux.

Les yeux de mon âme s'ouvrirent, et je vis ma chambre telle qu'elle était effectivement : j'aurais pu me croire éveillé, mais une vague perception me disait que je dormais et qu'il allait se passer quelque chose de bizarre.

L'odeur de la myrrhe avait augmenté d'intensité, et je sentais un léger mal de tête que j'attribuais fort raisonnablement à quelques verres de vin de Champagne que nous avions bus aux dieux inconnus et à nos succès futurs.

THÉOPHILE GAUTIER, « Le pied de momie ».

Le roi traversa la salle d'un pas lent et majestueux, sans que ses paupières teintes eussent palpité une fois ; rien n'indiquait qu'il entendît les cris d'amour qui l'accueillaient, ou qu'il aperçût les êtres humains agenouillés ou prosternés, dont les plis de sa calasiris effleuraient le front en écumant autour de ses pieds ; il s'assit les chevilles jointes et les mains posées sur les genoux, dans l'attitude solennelle des divinités.

Les jeunes princes, beaux comme des femmes, prirent place à la droite et à la gauche de leur père. Des serviteurs les dépouillèrent de leurs gorgerins d'émaux, de leurs ceinturons et de leurs glaives, versèrent sur leurs cheveux des flacons d'essences, leur frottèrent les bras d'huiles aromatiques, et leur présentèrent des guirlandes de fleurs, frais colliers de parfums, luxe odorant, mieux accommodé aux fêtes que la lourde richesse de l'or, des pierres précieuses et des perles, et qui, du reste, s'y marie admirablement.

De belles esclaves nues, dont le corps svelte offrait le gracieux passage de l'enfance à l'adolescence, les hanches cerclées d'une mince ceinture qui ne voilait aucun de leurs charmes, une fleur de lotus dans les cheveux, une buire d'albâtre rubané à la main, s'empressaient timidement autour du Pharaon, et répandaient l'huile de palme sur ses épaules, ses bras et son torse polis comme le jaspe. D'autres servantes agitaient autour de sa tête de larges éventails de plumes d'autruche peintes, ajustées à des manches d'ivoire ou de bois de santal, qui, échauffé par leurs petites mains, dégageait une odeur délicieuse ; quelques-unes élevaient à la hauteur des narines du Pharaon des tiges de nymphæa au calice épanoui comme la coupe des amschirs. Tous ces soins étaient rendus avec une dévotion profonde et une sorte de terreur respectueuse, comme à une personne divine, immortelle, descendue par pitié des zones supérieures parmi le vil troupeau des hommes. Car le roi est le fils des dieux, le favori de Phré, le protégé d'Ammon-Ra. [...]

Toutes ces femmes tenaient à la main une fleur de lotus bleue, rose ou blanche, et respiraient amoureusement, avec des palpitations de narines, l'odeur pénétrante qui s'exhalait du large calice. Une tige de la même fleur, partant de leur nuque, se courbait gracieusement sur leur tête et allongeait son bouton entre leurs sourcils rehaussés d'antimoine.

Devant elles, des esclaves noires ou blanches, n'ayant d'autres vêtements que le cercle lombaire, leur tendaient des colliers fleuris tressés de crocus, dont la fleur, blanche en dehors, est jaune en dedans, de carthames couleur de pourpre, d'héliochryses couleur d'or, de trychos à baies rouges, de myosotis aux fleurs qu'on croirait faites avec l'émail bleu des statuettes d'Isis, de népenthès dont l'odeur enivrante fait tout oublier, jusqu'à la patrie lointaine.

THÉOPHILE GAUTIER, *Le Roman de la momie*.

Puis ma mère, qui était
essentiellement femme du monde,
et, comme telle, vous le comprendrez
mieux que personne, mesdames,
avait le parfum du cigare
en horreur, si c'est là un parfum.

ALEXANDRE DUMAS FILS, *L'Ami des femmes.*

Voici la drogue sous vos yeux : un peu de confiture verte, gros comme une noix, singulièrement odorante, à ce point qu'elle soulève une certaine répulsion et des velléités de nausées, comme le ferait, du reste, toute odeur fine et même agréable, portée à son maximum de force et pour ainsi dire de densité. Qu'il me soit permis de remarquer, en passant, que cette proposition peut être inversée, et que le parfum le plus répugnant, le plus révoltant, deviendrait peut-être un plaisir s'il était réduit à son minimum de quantité et d'expansion.

CHARLES BAUDELAIRE, *Les Paradis artificiels.*

Qu'est-ce que le haschisch ?

Le haschisch, en effet, nous vient d'Orient ; les propriétés excitantes du chanvre étaient bien connues dans l'ancienne Egypte, et l'usage en est très répandu, sous différents noms, dans l'Inde, dans l'Algérie et dans l'Arabie Heureuse. Mais nous avons auprès de nous, sous nos yeux, des exemples curieux de l'ivresse causée par les émanations végétales. Sans parler des enfants qui, après avoir joué et s'être roulés dans des amas de luzerne fauchée, éprouvent souvent de singuliers vertiges, on sait que, lorsque se fait la moisson du chanvre, les travailleurs mâles et femelles subissent des effets analogues ; on dirait que de la moisson s'élève un miasme qui trouble malicieusement leur cerveau.

CHARLES BAUDELAIRE, *Les Paradis artificiels*.

On apercevait, sous des bosquets de térébinthe, des édicules de forme différente. Çà et là un phallus de pierre se dressait, et de grands cerfs erraient tranquillement, poussant de leurs pieds fourchus des pommes de pin tombées.

Ils revinrent sur leurs pas entre deux longues galeries qui s'avançaient parallèlement. De petites cellules s'ouvraient au bord. Des tambourins et des cymbales étaient accrochés du haut en bas de leurs colonnes de cèdre. Des femmes dormaient en dehors des cellules, étendues sur des nattes. Leurs corps, tout gras d'onguents, exhalaient une odeur d'épices et de cassolettes éteintes ; elles étaient si couvertes de tatouages, de colliers, d'anneaux, de vermillon et d'antimoine, qu'on les eût prises, sans le mouvement de leur poitrine, pour des idoles ainsi couchées par terre. Des lotus entouraient une fontaine, où nageaient des poissons pareils à ceux de Salammbô ; puis au fond, contre la muraille du temple, s'étalait une vigne dont les sarments étaient de verre et les grappes d'émeraude : les rayons des pierres précieuses faisaient des jeux de lumière, entre les colonnes peintes, sur les visages endormis.

Mâtho suffoquait dans la chaude atmosphère que rabattaient sur lui les cloisons de cèdre. Tous ces symboles de la fécondation, ces parfums, ces rayonnements, ces haleines l'accablaient. À travers les éblouissements mystiques, il songeait à Salammbô. Elle se confondait avec la Déesse elle-même, et son amour s'en dégageait plus fort, comme les grands lotus qui s'épanouissaient sur la profondeur des eaux.

GUSTAVE FLAUBERT, *Salammbô*.

DAMIS

Viens ! c'est l'aurore. Le coq a chanté, le cheval a henni, la voile est prête.

ANTOINE

Le coq n'a pas chanté ! J'entends le grillon dans les sables, et je vois la lune qui reste en place.

APOLLONIUS

Nous allons au Sud, derrière les montagnes et les grands flots, chercher dans les parfums la raison de l'amour. Tu humeras l'odeur du myrrhodion qui fait mourir les faibles. Tu baigneras ton corps dans le lac d'huile rose de l'île Junonia. Tu verras, dormant sur les primevères, le lézard qui se réveille tous les siècles quand tombe à sa maturité l'escarboucle de son front. Les étoiles palpitent comme des yeux, les cascades chantent comme les lyres, des enivrements s'exhalent des fleurs écloses ; ton esprit s'élargira parmi les airs, et dans ton cœur comme sur ta face.

DAMIS

Maître ! il est temps ! Le vent va se lever, les hirondelles s'éveillent, la feuille du myrte est envolée !

GUSTAVE FLAUBERT,
La Tentation de saint Antoine.

Marco

Quand Marco passait, tous les jeunes hommes
Se penchaient pour voir ses yeux, des Sodomes
Où les feux d'Amour brûlaient sans pitié
Ta pauvre cahute, ô froide Amitié ;
Tout autour dansaient des parfums mystiques
Où l'âme en pleurant s'anéantissait ;
Sur ses cheveux roux un charme glissait ;
Sa robe rendait d'étranges musiques
Quand Marco passait.

Quand Marco chantait, ses mains sur l'ivoire
Évoquaient souvent la profondeur noire
Des airs primitifs que nul n'a redits,
Et sa voix montait dans le paradis
De la symphonie immense des rêves,
Et l'enthousiasme alors transportait
Vers des cieux *connus* quiconque écoutait
Ce timbre d'argent qui vibrait sans trêves,
Quand Marco chantait.

Quand Marco pleurait, ses terribles larmes
Défiaient l'éclat des plus belles armes ;
Ses lèvres de sang fonçaient leur carmin
Et son désespoir n'avait rien d'humain ;
Pareil au foyer que l'huile exaspère,
Son courroux croissait, rouge, et l'on aurait
Dit d'une lionne à l'âpre forêt
Communiquant sa terrible colère,
Quand Marco pleurait.

Quand Marco dansait, sa jupe moirée
Allait et venait comme une marée,
Et, tel qu'un bambou flexible, son flanc
Se tordait, faisant saillir son sein blanc :
Un éclair partait. Sa jambe de marbre,
Emphatiquement cynique, haussait
Ses mates splendeurs, et cela faisait
Le bruit du vent de la nuit dans un arbre,
Quand Marco dansait.

Quand Marco dormait, oh ! quels parfums d'ambre
Et de chairs mêlés opprimaient la chambre !
Sous les draps la ligne exquise du dos
Ondulait, et dans l'ombre des rideaux
L'haleine montait, rhythmique et légère ;
Un sommeil heureux et calme fermait
Ses yeux, et ce doux mystère charmait
Les vagues objets parmi l'étagère,
Quand Marco dormait.

Mais quand elle aimait, des flots de luxure
Débordaient, ainsi que d'une blessure
Sort un sang vermeil qui fume et qui bout,
De ce corps cruel que son crime absout ;
Le torrent rompait les digues de l'âme,
Noyait la pensée, et bouleversait
Tout sur son passage, et rebondissait
Souple et dévorant comme de la flamme
Et puis se glaçait.

PAUL VERLAINE, *Poèmes saturniens*.

Je ne peux pas me rappeler sans sourire le désenchantement que j'ai eu en mettant le pied pour la première fois dans un caravansérail d'Algérie. Ce joli mot de caravansérail, que traverse comme un éblouissement tout l'Orient féerique des *Mille et Une Nuits*, avait dressé dans mon imagination des enfilades de galeries découpées en ogives, des cours mauresques plantées de palmiers, où la fraîcheur d'un mince filet d'eau s'égrenait en gouttes mélancoliques sur des carreaux de faïence émaillée ; tout autour, des voyageurs en babouches, étendus sur des nattes, fumaient leurs pipes à l'ombre des terrasses, et de cette halte montait sous le grand soleil des caravanes une odeur lourde de musc, de cuir brûlé, d'essence de rose et de tabac doré…

Les mots sont toujours plus poétiques que les choses. Au lieu du caravansérail que je m'imaginais, je trouvai une ancienne auberge de l'Île-de-France, l'auberge du grand chemin, station de rouliers, relais de poste, avec sa branche de houx, son banc de pierre à côté du portail, et tout un monde de cours, de hangars, de granges, d'écuries.

ALPHONSE DAUDET, *Le Caravansérail*.

Les choses ici sont imprégnées d'odeurs turques comme dans un sérail, et c'est trop ; ce silence aussi est pesant, ajoute encore à la lourdeur parfumée de l'air, – et j'ouvre en grand les fenêtres…

Le silence reste le même, augmenté plutôt, prolongé par tout le silence d'alentour. Entrent une phalène et les longs rayons de la lune. Entre aussi une fraîcheur, une fraîcheur exquise, venue des jardins, venue de la campagne et des grands marais, de par-delà les ormeaux des remparts. Je me sens réveillé par cet air frais, comme d'un songe très sombre, et je me penche à cette fenêtre pour respirer de la vie. Les choses familières du voisinage m'apparaissent alors, aux places de tout temps connues ; l'éclairage lunaire leur donne, cette nuit, je ne sais quoi d'immuablement tranquille, d'un peu irréel aussi ; mais elles sont bien les mêmes toujours, et j'ai vu toute ma vie ces vieux toits, ces pans de murs, ces trouées profondes des jardins, ces masses ombreuses des verdures, et on dirait que tout cela me chante en ce moment quelque petit hymne mélancolique de terre natale, me conseillant de ne pas partir. Tant d'autres, plus simples que moi, n'ont jamais quitté ce pays, ni seulement ce voisinage ! … Peut-être, si j'avais fait comme eux…

Une senteur monte des jardins, senteur d'humidité, de mousse, de feuilles mortes, qui est particulière aux premiers soirs refroidis où des brumes légères se lèvent. Déjà l'automne ! Encore un été qui s'en va, qui aura passé quand je reviendrai de Stamboul. Mon Dieu, je vais, pour ce voyage, perdre nos derniers beaux jours d'ici, avec la plus belle floraison de nos roses sur nos murs, et je ne verrai plus, cette année, deux chères robes noires se promener dans notre cour, au dernier resplendissement de septembre. Et qui sait, avec tout l'imprévu de mon métier de mer, quand je retrouverai ces choses ? Me voici maintenant indécis, attristé et presque retenu, à cette veille de départ, par le regret de ce que j'abandonne.

PIERRE LOTI, *Aziyadé*.

Une heure du matin. – Ils se retrouvaient, sans savoir comment, tout en haut de la Kasbah. Ils étaient assis sur des rochers, à l'entrée d'un bois d'eucalyptus, dont une bouffée de vent agitait de temps à autre les feuilles légères.

Au-dessous d'eux la ville arabe, et plus bas la ville chrétienne, s'étaient endormies ; les derniers cris, les derniers chants d'orgie venaient de finir. L'antique Kasbah, protégée par la majesté et les pudeurs de la nuit, redevenait elle-même et se recueillait dans le passé.

On voyait des entrées de rues centenaires, qui descendaient se perdre dans des profondeurs noires. La lune éclairait avec une pâleur sereine des groupes de constructions mauresques, restées, malgré leur grand âge, d'une blancheur mystérieuse, et qui semblaient des habitations enchantées. Au loin s'étendait la mer gris-perle, avec des feux de navires.

Toutes les exhalaisons humaines étaient tombées, avec les odeurs d'épices, de maisons à boire et de prostituées. Il n'y avait plus que le parfum suave des orangers, avec je ne sais quelle autre senteur fraîche et saine, qui monta de la campagne comme un rajeunissement.

L'air avait ce calme tiède et cette transparence des nuits de l'Algérie ; un souffle de vent, qui se soulevait à intervalles réguliers comme la respiration des choses, faisait remuer derrière eux les feuillages du bois.

Un apaisement se faisait aussi dans leur tête ; ils songeaient à toutes ces femmes entrevues dans les vieilles maisons aux murailles de faïence qui chantaient « Dani dann » en battant des mains avec un bruit de bagues et de bracelets. Ils songeaient aussi à leurs trois compagnons basques, qu'ils avaient abandonnés au milieu d'elles ; ils se demandaient s'il ne serait pas possible, en cherchant bien, de retrouver cette porte et de retourner à leur secours…

PIERRE LOTI, *Les Trois Dames de la Kasbah*.

Ses deux fils, Pierre et Jean, qui tenaient, l'un à bâbord, l'autre à tribord, chacun une ligne enroulée à l'index, se mirent à rire en même temps et Jean répondit :

« Tu n'es pas galant pour notre invitée, papa. »

M. Roland fut confus et s'excusa :

« Je vous demande pardon, madame Rosémilly, je suis comme ça. J'invite les dames parce que j'aime me trouver avec elles, et puis, dès que je sens de l'eau sous moi, je ne pense plus qu'au poisson. »

Mme Roland s'était tout à fait réveillée et regardait d'un air attendri le large horizon de falaises et de mer. Elle murmura :

« Vous avez cependant fait une belle pêche. »

Mais son mari remuait la tête pour dire non, tout en jetant un coup d'œil bienveillant au panier où le poisson capturé par les trois hommes palpitait vaguement encore, avec un bruit doux d'écailles gluantes et de nageoires soulevées, d'efforts impuissants et mous, et de bâillements dans l'air mortel.

Le père Roland saisit la manne entre ses genoux, la pencha, fit couler jusqu'au bord le flot d'argent des bêtes pour voir celles du fond et leur palpitation d'agonie s'accentua, et l'odeur forte de leur corps, une saine puanteur de marée, monta du ventre plein de la corbeille.

Le vieux pêcheur la huma vivement, comme on sent des roses, et déclara :

« Cristi ! ils sont frais, ceux-là ! »

GUY DE MAUPASSANT, *Pierre et Jean.*

Il leva les yeux et aperçut vers le nord une ombre grise, profonde et légère, noyant le ciel et couvrant la mer, accourant vers eux, comme un nuage tombé d'en haut.

Il vira de bord, et vent arrière fit route vers la jetée, suivi par la brume rapide qui le gagnait. Lorsqu'elle atteignit la Perle, l'enveloppant dans son imperceptible épaisseur, un frisson de froid courut sur les membres de Pierre, et une odeur de fumée et de moisissure, l'odeur bizarre des brouillards marins, lui fit fermer la bouche pour ne point goûter cette nuée humide et glacée. Quand la barque reprit dans le port sa place accoutumée, la ville entière était ensevelie déjà sous cette vapeur menue, qui, sans tomber, mouillait comme une pluie et glissait sur les maisons et les rues à la façon d'un fleuve qui coule.

GUY DE MAUPASSANT, *Pierre et Jean*.

Brise marine

L'hiver a défleuri la lande et le courtil.
Tout est mort. Sur la roche uniformément grise
Où la lame sans fin de l'Atlantique brise,
Le pétale fané pend au dernier pistil.

Et pourtant je ne sais quel arome subtil
Exhalé de la mer jusqu'à moi par la brise,
D'un effluve si tiède emplit mon cœur qu'il grise ;
Ce souffle étrangement parfumé, d'où vient-il ?

Ah ! Je le reconnais. C'est de trois mille lieues
Qu'il vient, de l'Ouest, là-bas où les Antilles bleues
Se pâment sous l'ardeur de l'astre occidental ;

Et j'ai, de ce récif battu du flot kymrique,
Respiré dans le vent qu'embauma l'air natal
La fleur jadis éclose au jardin d'Amérique.

JOSÉ MARIA DE HEREDIA, *Les Trophées.*

Le réveil d'un Dieu

La chevelure éparse et la gorge meurtrie,
Irritant par les pleurs l'ivresse de leurs sens,
Les femmes de Byblos, en lugubres accents,
Mènent la funéraire et lente théorie.

Car sur le lit jonché d'anémone fleurie
Où la Mort avait clos ses longs yeux languissants,
Repose, parfumé d'aromate et d'encens,
Le jeune homme adoré des vierges de Syrie.

Jusqu'à l'aurore ainsi le choeur s'est lamenté,
Mais voici qu'il s'éveille à l'appel d'Astarté,
L'Epoux mystérieux que le cinname arrose.

Il est ressuscité, l'antique adolescent !
Et le ciel tout en fleur semble une immense rose
Qu'un Adonis céleste a teinte de son sang.

JOSÉ MARIA DE HEREDIA, *Les Trophées.*

Il y eut cette oasis dans la roche et le sable, où nous entrâmes à midi, et par des flammes tellement chaudes que le village exténué ne semblait même pas nous attendre. Les palmiers ne se penchèrent point. Les vieillards causaient au creux des portes ; les hommes étaient assoupis ; les enfants jasaient à l'école ; les femmes, on ne les voyait pas.

Rues de ce village de terre, roses au jour, violettes au coucher ; désertes à midi, vous vous animerez au soir ; alors les cafés vont s'emplir, les enfants sortir de l'école, les vieillards causer encore au pas des portes, les rayons s'assoupir et les femmes, montées sur les terrasses et dévoilées, comme des fleurs, se raconter longuement leur ennui.

Cette rue d'Alger, vers midi, s'emplissait d'une odeur d'anisette et d'absinthe. Dans les cafés maures de Biskra l'on ne buvait que du café, de la limonade ou du thé. Thé arabe ; douceur poivrée ; gingembre ; boisson évoquant un Orient plus excessif encore et plus extrême – et fade ; – impossible de boire jusqu'au fond des tasses.

Sur la place de Touggourt il y avait des marchands d'aromates. Nous leur achetâmes différentes sortes de résines. On reniflait les unes. On mâchait les autres ; les autres se brûlaient. Celles qui se brûlaient avaient souvent la forme de pastilles ; elles répandaient, allumées, une abondance de fumée âcre où se mêlait un très subtil parfum ; leur fumée aide à provoquer les extases religieuses et ce sont elles que l'on brûle dans les cérémonies des mosquées. Celles que l'on mâchait emplissaient aussitôt la bouche d'amertume et poissaient désagréablement les dents ; longtemps après qu'on les avait crachées la saveur en durait encore. Celles que l'on sentait, se sentaient simplement.

Chez le marabout de Témassine, à la fin du repas on nous offrit des gâteaux aux parfums. Ils étaient ornés de feuilles d'or, gris ou roses, et semblaient faits de mie de pain tripotée. Ils s'effritaient comme du sable dans la bouche ; mais j'y trouvais pourtant un certain agrément Les uns sentaient la rose ; les autres la grenade, d'autres semblaient complètement éventés. – Dans ces repas il était impossible d'arriver à l'ivresse autrement qu'à force de fumer. On passait des plats en quantité fastidieuse et la conversation variait à chaque détour des plats. – Ensuite, un nègre versait sur vos doigts l'eau aromatisée d'une aiguière ; l'eau retombait dans un bassin. Et c'est aussi ainsi que les femmes là-bas, vous lavent après l'amour.

ANDRÉ GIDE, *Les Nourritures terrestres.*

Nathanaël, te parlerai-je des grenades ?
On les vendait pour quelques sous, à cette foire orientale,
Sur des claies de roseaux où elles s'étaient éboulées.
On en voyait qui roulaient dans la poussière
Et que des enfants nus ramassaient.
Leur jus est aigrelet comme celui des framboises pas mûres.
Leur fleur semble faite de cire ;
Elle est de la couleur du fruit.

Trésor gardé, cloisons de ruches,
Abondance de la saveur,
Architecture pentagonale.
L'écorce se fend ; les grains tombent,
Grains de sang dans des coupes d'azur ;
Et d'autres, gouttes d'or, dans des plats de bronze émaillé.

Chante à présent la figue, Simiane,
Parce que ses amours sont cachées.

Je chante la figue, dit-elle,
Dont les belles amours sont cachées.
Sa floraison est repliée.
Chambre close où se célèbrent des noces ;
Aucun parfum ne les conte en dehors.
Comme rien ne s'en évapore,
Tout le parfum devient succulence et saveur.
Fleur sans beauté ; fruit de délices ;
Fruit qui n'est que sa fleur mûrie.

J'ai chanté la figue, dit-elle,
Chante à présent toutes les fleurs.

ANDRÉ GIDE, *Les Nourritures terrestres.*

Nous avions perdu de vue les côtes et nous voguions depuis trois jours en mer pleine, lorsque nous rencontrâmes ces belles îles flottantes qu'un courant mystérieux longtemps a poussées près de nous. Et cette fuite parallèle au milieu des vagues éternellement agitées nous faisait croire d'abord l'*Orion* immobile, échoué peut-être dans le sable : mais notre erreur n'a pas duré quand nous avons mieux vu les îles. Une barque nous descendit sur l'une d'elles ; elles étaient toutes presque pareilles et distantes également. Leur forme régulière nous les fit croire madréporiques, elles eussent été assurément très plates sans cette végétation luxuriante et magnifique qu'elles portaient ; elles étaient à l'avant légèrement escarpées, récifs de madrépores, gris comme des pierres volcaniques, où les racines se dénudaient ; à l'arrière elles flottaient comme des chevelures, racines par la mer rougies. Des arbres d'essences inconnues, des arbres bizarres pliaient sous les lourdes lianes, et des orchidées maladives mêlaient leurs fleurs à ces feuillages. C'étaient des jardins sur la mer ; des vols d'insectes les suivaient ; du pollen traînait sur les vagues. – Les impénétrables taillis nous forcèrent de marcher tout au bord des rives, et souvent, lorsque des branches se penchaient vers l'eau, de se glisser sous elles, en rampant, nous accrochant aux racines et aux lianes. – Nous avons voulu rester quelque temps à l'arrière à regarder les insectes énormes voler, mais les parfums étouffants qui montaient de toute l'île et que le vent rabattait vers nous, les parfums qui déjà nous troublaient de vertige, nous eussent, je crois, fait mourir. Ils étaient si denses qu'on en voyait la poussière arômale tournoyer. – Nous avons regagné l'autre bord ; des ibis et des flamants roses qui dormaient se sont envolés. Nous nous sommes assis sur un rocher de madrépores ; le vent du large écartait de nous les parfums.

L'île devait être peu épaisse, car, au-dessous d'elle, dans la mer profonde, après l'ombre qu'elle faisait, on revoyait de la lumière. Et nous avons pensé que chacune d'elles s'était détachée, ainsi qu'un fruit mûri de sa tige ; – et quand plus rien ne les a retenues profondément au roc natal, alors, comme des actions non sincères, elles ont été au hasard des dérives, emportées par tous les courants.

Le cinquième jour, à notre regret, nous les avons perdues de vue.

ANDRÉ GIDE, *Le Voyage d'Urien*.

Nous nous sommes baignés dans des piscines trop tièdes, où des enfants se poursuivaient en nageant. L'eau verte laissait voir au fond des mosaïques, et deux figures de marbre rose, symétriquement disposées, jetaient des parfums dans des vasques ; ils retombaient en cascades fines, avec des bruits légers, dans l'eau. Nous étant rapprochés des statues, nous tendîmes nos mains vers les vasques, et les parfums, coulant le long de nos bras, ruisselèrent sur nos hanches. L'eau, quand on y replongeait, faisait l'effet d'une brûlure. Au plafond translucide une buée odorante montait ; elle se figeait en rosée ; la lumière en était bleuie, et du plafond, dans l'eau, cette rosée tombait goutte à goutte.

Et comme une torpeur nous prenait, à respirer cette buée tiède, nous demeurâmes immobiles, flottants, abandonnés, vainement évanouis dans l'eau merveilleuse, verte et bleue, où ne glissait plus qu'un jour trouble, où les bras des grêles enfants se coloraient d'azur dans la lumière, et les gouttes tombant du plafond faisaient un clapotement monotone.

ANDRÉ GIDE, *Le Voyage d'Urien*.

Dès lors, on attendit sans espoir, en se tassant. Paofaï, prêtre et Arioï, douta décidément que les dieux fussent propices. Afin de les interroger, il saisit, en se hissant aux agrès, les Plumes Rouges que lui-même, avec hommages, avait dédiées et consacrées ; et puis, tendant le bras vers le coin du ciel d'où se ruait la tempête, il hurla, plus fort que le vent, des imprécations suppliantes. Son maro avait disparu. Ses robustes reins, ornés des tatu septièmes, se cinglaient de pluie. Il se haussa, mains levées : des plumes, échappées à ses doigts, s'enfuirent en tourbillonnant.

À leur divin contact, la mer sauta de plus belle, et frémit. Mais le vent s'accalmisa. Le ciel blanchit ; puis il devint rose ; et l'autre firmament plus lointain que celui des nues transparut, limpide, immobile et dépouillé. La pluie se retint dans l'air. Les narines pouvaient flairer un peu : on devina qu'il passait par l'éclaircie l'arôme d'une terre toute proche, d'une terre mouillée de pluie chaude, grosse de feuillées, et fleurant bon le sol trempé : et cette haleine était suave comme le souffle des îles parfumées d'où l'on s'était enfui.

Elle parut : très haute, escarpée de roches, bossuée de montagnes, creusée de grandes vallées sombres, arrondie à mi-versants de mamelons courbes. On cria : Havaï-i ! Havaï-i ! On embrassait d'un regard de convoitise la rive désirée : ainsi, disait Paofaï, ainsi fait un homme, privé de plaisirs pendant quatorze nuits, et qui va jouir enfin de ses épouses. Les odeurs palpitaient, plus vives pour les visages lassés du grand large fade, et les yeux, qui depuis si longtemps roulaient sur des formes mouvantes, se reposaient à discerner des contours solides. Si bien que Térii, saisi violemment par les coutumes étrangères, se prit à dire des mots sans suite : « Cela est beau – cela est beau »… il se dressait, la figure détendue.

VICTOR SÉGALEN, *Les Immémoriaux.*

C'est par les odeurs que finissent les êtres, les pays et les choses. Toutes les aventures s'en vont par le nez. J'ai fermé les yeux parce que vraiment je ne pouvais plus les ouvrir. Alors l'odeur âcre d'Afrique, nuit après nuit s'est estompée. Il me devint de plus en plus difficile de retrouver son lourd mélange de terre morte, d'entre-jambes et de safran pilé.

Du temps, du passé et du temps encore et puis un moment vint où je subis nombre de chocs et de révulsions nouvelles et puis des secousses plus régulières, celles-là berceuses…

Couché, je l'étais encore certainement, mais alors sur une matière mouvante. Je me laissais aller et puis je vomissais et je me réveillais encore et je me rendormais. C'était en mer. Si vaseux je me sentais que j'avais à peine assez de force pour retenir la nouvelle odeur de cordages et de goudron. Il faisait frais dans le recoin bourlingueur où j'étais tassé juste au-dessous d'un hublot grand ouvert. On m'avait laissé tout seul. Le voyage continuait évidemment… Mais lequel ? J'entendais des pas sur le pont, un pont en bois, au-dessus de mon nez et des voix et les vagues qui venaient clapoter et fondre contre le bordage.

LOUIS-FERDINAND CÉLINE, *Voyage au bout de la nuit.*

(pour deux flûtes)

Je t'ai filé une chanson douce comme un murmure de
[colombe à midi
Et m'accompagnait grêle mon khalam tétracorde.
Je t'ai tissé une chanson, et tu ne m'as pas entendu.
Je t'ai offert des fleurs sauvages, dont le parfum est
[mystérieux comme des yeux de sorcier
Et leur éclat a la richesse du crépuscule à Sangomar.
Je t'ai offert mes fleurs sauvages. Les laisseras-tu se faner
Ô toi qui te distrais au jeu des éphémères ?

LÉOPOLD SÉDAR SENGHOR, *Nocturnes*.

Je lis Miroirs

Je lis *Miroirs*, un roman un poème, un drame je ne sais
Miroirs comme *la Source* autrefois, voilà combien
[d'années ?…
« Mais que pensera-t-elle ?… Qui reconnaîtra-t-elle ?…
[Se reconnaîtra-t-elle ?… »
Semblable, toutes choses étant égales et n'étant pas
[égales.

Je te suis à l'odeur, tel le sloughi l'antilope des sables
Humant tes senteurs fauves, ta voix rauque et ce rire de
[la gorge
Qui m'engorge, et le rythme se fait plus pressant
[pantelant
Et le chant fuse des gorges de ma gorge

Dans l'hallali de ta beauté. Ah ! non pas ta beauté
Je dis bien cette terre partagée qui me déchire, et cette ville
Comme un parfum subtil : tous les mélanges de ton sang
Tous les quartiers de la ville, qui chantent à plusieurs voix

Ce roman qui est poème, ce poème qui est drame : ta
[beauté me
Foudroie quand je te cherche, par-delà ton corps
[harmonieux
Dans le déchirement qui m'ouvrira l'aorte
L'identité primordiale de la même mort renaissance.

LÉOPOLD SÉDAR SENGHOR, *Lettres d'hivernage.*

De la haute ville aux quais de Save, le chemin passe par un flanc de colline couvert de maisons de bois, de palissades vermoulues, de sorbiers, de touffes de lilas. Un coin agreste, doux, peuplé de chèvres à l'attache, de dindons, d'enfants en tablier qui font de silencieuses marelles ou tracent sur le pavé, d'un charbon qui marque mal, des graffitis tremblés, pleins d'expérience, comme dessinés par des vieillards. J'y suis souvent venu traîner au coucher du soleil, la tête à rien, le cœur en fête, poussant du pied des trognons de maïs, respirant l'odeur de la ville comme s'il fallait mourir demain et cédant à ce pouvoir de dispersion si souvent fatal aux natifs des Poissons. Au pied de la colline un bistrot minuscule alignait trois tables en bordure du fleuve. On y servait un pruneau parfumé qui tremblait dans le verre au passage des charrettes. La Save roulait paisiblement son flot brun sous le nez des buveurs qui attendaient la nuit. De l'autre côté de l'eau, on distinguait les broussailles poudreuses et les cabanes de Saïmichte, et quand le vent soufflait du nord je parvenais parfois même à entendre l'accordéon de Thierry, *Ça gaze* ou *L'Insoumise*, des airs d'un autre monde dont la tristesse frivole détonnait un peu ici.

J'y retournai le dernier soir. Sur le quai, deux hommes nettoyaient d'énormes tonnes qui empestaient le soufre et la lie. L'odeur de melon n'est bien sûr pas la seule qu'on respire à Belgrade. Il y en a d'autres, aussi préoccupantes ; odeurs d'huile lourde et de savon noir, odeurs de choux, odeurs de merde. C'était inévitable ; la ville était comme une blessure qui doit couler et puer pour guérir, et son sang robuste paraissait de taille à cicatriser n'importe quoi. Ce qu'elle pouvait déjà donner comptait plus que ce qui lui manquait encore. Si je n'étais pas parvenu à y écrire grand-chose, c'est qu'être heureux me prenait tout mon temps. D'ailleurs, nous ne sommes pas juges du temps perdu.

NICOLAS BOUVIER, *L'Usage du monde*.

Les parfums sont de puissants
magiciens pouvant vous
transporter au travers des années
que vous avez vécues.

HELEN KELLER

Arômes

et fumets

Nous n'eûmes pas grand loisir d'admirer une si ingénieuse pantomime ! car soudain les poutres du lacunar se mirent à craquer avec un tel vacarme que le triclinium en éprouva la secousse. Pour moi, consterné, je me levai dans la crainte qu'un pétauriste ne dégringolât du plafond ; les autres convives, non moins ahuris, dressaient leurs visages en l'air, expectant quoi de neuf allait tomber du ciel. Voici, néanmoins, que le plancher s'entrouvre. En même temps un vaste plateau, en forme de cercle, se détache de la coupole et nous offre, dans son orbe, des couronnes d'or et des cassolettes d'albâtre, pleines de parfums. Invités à nous partager ces apophorètes, nous portons nos regards sur la table. Déjà on avait dressé un repositorium où brillaient quelques pièces de four au milieu desquelles un Priapus élaboré par le confiseur. Dans son giron, il portait, comme d'habitude, une corbeille pleine de raisins et assortie de fruits.

Avidement, nous étendions la main vers ces friandises pompeuses, lorsqu'un nouveau badinage nous vint remettre en gaieté. Ces pommes, en effet, ces gâteaux, épanchaient, au moindre contact, un esprit de safran qui, nous giclant au visage, ne laissait pas de nous incommoder un peu.

Dans l'opinion qu'un service parfumé avec un si religieux appareil contenait, sans doute, quelque chose de sacré, nous nous levons tout droit et souhaitons félicité à Augustus, père de la patrie. Après cette vénération, plusieurs convives faisant main basse sur les fruits, nous imitons leur exemple et rembourrons nos serviettes, moi surtout, qui ne croyais pouvoir d'une trop pesante largesse alourdir la robe de Giton.

PÉTRONE, *Le Satiricon*.

Il m'en eût conté davantage si on ne nous fût venu quérir pour nous mettre à table; mon conducteur me mena dans une salle magnifiquement meublée, mais je ne vis rien de préparé pour manger. Une si grande solitude de viande, lorsque je périssais de faim m'obligea de lui demander où c'était qu'on avait dressé. Je n'écoutai point ce qu'il me répondit, car trois ou quatre jeunes garçons, enfants de l'hôte, s'approchèrent de moi dans cet instant, qui avec beaucoup de civilité me dépouillèrent jusqu'à la chemise. Cette nouvelle façon de cérémonie m'étonna si fort que je n'en osai pas seulement demander la cause à mes beaux valets de chambre, et je ne sais comment, à mon guide, qui s'enquit par où je voulais commencer, je pus répondre ces deux mots : « Un potage ». Aussitôt je sentis l'odeur du plus succulent mitonné qui frappa jamais le nez du mauvais riche. Je voulus me lever de ma place pour chercher du naseau la source de cette agréable fumée, mais mon porteur m'en empêcha :

– Où voulez-vous aller? me dit-il, tantôt nous sortirons à la promenade, mais maintenant il est saison de manger, achevez votre potage, et puis nous ferons venir autre chose.

– Et où diantre est ce potage? lui criai-je tout en colère; avez-vous fait gageure de vous moquer tout aujourd'hui de moi?

– Je pensais, me répliqua-t-il, que vous eussiez vu à la ville d'où nous venons votre maître, ou quelque autre, prendre ses repas; c'est pourquoi je ne vous avais point entretenu de la façon de se nourrir en ce pays. Puis donc que vous l'ignorez encore, sachez qu'on ne vit ici que de fumée. L'art de la cuisinerie est de renfermer dans de grands vaisseaux moulés exprès l'exhalaison qui sort des viandes, et en ayant ramassé de plusieurs sortes et de différents goûts, selon l'appétit de ceux que l'on traite, on débouche le vaisseau où cette odeur est assemblée, on en découvre après cela un autre, puis un autre, ensuite, jusqu'à ce que la compagnie soit tout à fait repue. À moins que vous n'ayez déjà vécu de cette sorte, vous ne croirez jamais que le nez, sans dents et sans gosier, fasse pour nourrir l'homme l'office de sa bouche, mais je m'en vais vous le faire voir par expérience.

Il n'eut pas plutôt achevé que je sentis entrer successivement dans la salle tant d'agréables vapeurs, et si nourrissantes, qu'en moins de demi-quart d'heure je me sentis tout à fait rassasié. Quand nous fûmes levés :

– Ceci n'est pas, dit-il, une chose qui vous doive causer beaucoup d'admiration, puisque vous ne pouvez pas avoir tant vécu sans observer qu'en votre monde les cuisiniers et les pâtissiers qui mangent moins que les personnes d'une autre vacation sont pourtant bien plus gras. D'où procède leur embonpoint, si ce n'est de la fumée des viandes dont sans cesse ils sont environnés, qui pénètre leurs corps et les nourrit ? Aussi les personnes de ce monde-ci jouissent d'une santé bien moins interrompue et plus vigoureuse, à cause que la nourriture n'engendre presque point d'excréments, qui sont l'origine de quasi toutes les maladies. Vous avez possible été surpris lorsque avant le repas on vous a déshabillé, parce que cette coutume n'est pas usitée en votre pays ; mais c'est la mode de celui-ci et l'on s'en sert afin que l'animal soit plus transpirable à la fumée.

– Monsieur, lui repartis-je, il y a très grande apparence à ce que vous dites, et je viens moi-même d'en expérimenter quelque chose ; mais je vous avouerai que, ne pouvant pas me débrutaliser si promptement, je serais bien aise de sentir un morceau palpable sous mes dents.

Il me le promit, et toutefois ce fut pour le lendemain, à cause, disait-il, que de manger si tôt après le repas me produirait quelque indigestion. Nous discourûmes encore quelque temps, puis nous montâmes à la chambre pour nous coucher.

CYRANO DE BERGERAC, *L'Autre Monde ou les États et Empires de la lune.*

Ils heurtèrent à la porte, et une bonne femme vint leur ouvrir. Elle leur demanda ce qu'ils voulaient ; le petit Poucet lui dit qu'ils étaient de pauvres enfants qui s'étaient perdus dans la Forêt, et qui demandaient à coucher par charité. Cette femme les voyant tous si jolis se mit à pleurer, et leur dit : « Hélas ! mes pauvres enfants, où êtes-vous venus ? Savez-vous bien que c'est ici la maison d'un Ogre qui mange les petits enfants ? – Hélas ! Madame, lui répondit le petit Poucet, qui tremblait de toute sa force aussi bien que ses frères, que ferons-nous ? Il est bien sûr que les Loups de la Forêt ne manqueront pas de nous manger cette nuit, si vous ne voulez pas nous retirer chez vous. Et cela étant, nous aimons mieux que ce soit Monsieur qui nous mange ; peut-être qu'il aura pitié de nous, si vous voulez bien l'en prier. » La femme de l'Ogre qui crut qu'elle pourrait les cacher à son mari jusqu'au lendemain matin, les laissa entrer et les mena se chauffer auprès d'un bon feu ; car il y avait un Mouton tout entier à la broche pour le souper de l'Ogre. Comme ils commençaient à se chauffer, ils entendirent heurter trois ou quatre grands coups à la porte : c'était l'Ogre qui revenait. Aussitôt sa femme les fit cacher sous le lit et alla ouvrir la porte. L'Ogre demanda d'abord si le souper était prêt, et si on avait tiré du vin, et aussitôt se mit à table. Le Mouton était encore tout sanglant, mais il ne lui en sembla que meilleur. Il fleurait à droite et à gauche, disant qu'il sentait la chair fraîche. « Il faut, lui dit sa femme, que ce soit ce Veau que je viens d'habiller que vous sentez. – Je sens la chair fraîche, te dis-je encore une fois, reprit l'Ogre, en regardant sa femme de travers, et il y a quelque chose que je n'entends pas. » En disant ces mots, il se leva de Table, et alla droit au lit. « Ah, dit-il, voilà donc comme tu veux me tromper, maudite femme ! Je ne sais à quoi il tient que je ne te mange aussi ; bien t'en prend d'être une vielle bête. Voilà du Gibier qui me vient bien à propos pour traiter trois Ogres de mes amis qui doivent me venir voir ces jours ici. » Il les tira de dessous le lit l'un après l'autre.

CHARLES PERRAULT, *Contes*, « Le Petit Poucet ».

« Que cherchez-vous, mon joli garçon ? demanda la fruitière d'en face.

– M. Pailletin, s'il vous plaît, ma grosse maman ? répondit Andrea.

– Un boulanger retiré ? demanda la fruitière.

– Justement, c'est cela.

– Au fond de la cour, à gauche, au troisième. »

Andrea prit le chemin indiqué, et au troisième trouva une patte de lièvre qu'il agita avec un sentiment de mauvaise humeur dont le mouvement précipité de la sonnette se ressentit.

Une seconde après, la figure de Caderousse apparut au grillage pratiqué dans la porte.

« Ah ! tu es exact », dit-il.

Et il tira les verrous.

« Parbleu ! » dit Andrea en entrant.

Et il lança devant lui sa casquette de livrée qui, manquant la chaise, tomba à terre et fit le tour de la chambre en roulant sur sa circonférence.

« Allons, allons, dit Caderousse, ne te fâche pas, le petit ! Voyons, tiens, j'ai pensé à toi, regarde un peu le bon déjeuner que nous aurons : rien que des choses que tu aimes, tron de l'air ! »

Andrea sentit en effet, en respirant, une odeur de cuisine dont les arômes grossiers ne manquaient pas d'un certain charme pour un estomac affamé ; c'était ce mélange de graisse fraîche et d'ail qui signale la cuisine provençale d'un ordre inférieur ; c'était en outre un goût de poisson gratiné, puis, par-dessus tout, l'âpre parfum de la muscade et du girofle. Tout cela s'exhalait de deux plats creux et couverts, posé sur deux fourneaux, et d'une casserole qui bruissait dans le four d'un poêle de fonte.

Dans la chambre voisine, Andrea vit en outre une table assez propre ornée de deux couverts, de deux bouteilles de vin cachetées, l'une de vert, l'autre de jaune, d'une bonne mesure d'eau-de-vie dans un carafon, et d'une macédoine de fruits dans une large feuille de chou posée avec art sur une assiette de faïence.

« Que t'en semble ? le petit, dit Caderousse ; hein, comme cela embaume ! Ah ! dame ! tu sais, j'étais bon cuisinier là-bas ! te rappelles-tu comme on se léchait les doigts de ma cuisine ? Et toi tout le premier, tu en as goûté de mes sauces, et tu ne les méprisais pas, que je crois. »

Et Caderousse se mit à éplucher un supplément d'oignons.

« C'est bon, c'est bon, dit Andrea avec humeur ; pardieu, si c'est pour déjeuner avec toi que tu m'as dérangé, que le diable t'emporte !

– Mon fils, dit sentencieusement Caderousse, en mangeant l'on cause ; et puis, ingrat que tu es, tu n'as donc pas de plaisir à voir un peu ton ami ? Moi, j'en pleure de joie. »

Caderousse, en effet, pleurait réellement ; seulement, il eût été difficile de dire si c'était de joie ou les oignons qui opéraient sur la glande lacrymale de l'ancien aubergiste du pont du Gard.

ALEXANDRE DUMAS, *Le Comte de Monte-Christo.*

Imité de Catulle

I

Quel délicieux repas
Tu feras
(Si les dieux te prêtent vie)
Chez moi, pourvu toutefoi
Qu'avec toi
Tu portes, toute servie,

Une table, avec bons vins,
Mets divins,
Sainte couronne de roses,
Quel délicieux repas
Tu feras…
Moyennant toutes ces choses.

C'est, vois-tu, mon doux ami,
Qu'à demi
Ma bourse n'est ruinée
Et qu'au fond du sac de ton
Apollon
Fait sa toile l'araignée.

Moi, je dirai les atours
Des Amours
Et des Grâces sadinettes
Et ferai naître en ton cœur
Le bonheur
En te sonnant mes sornettes.
Dame, je n'ai point de nard
Mais mon art
À ta narine altérée,

Ami, fera monter un
Doux parfum
Que m'a donné Cythérée.

Ce festin sera, gourmand,
Si charmant
Et cette odeur si divine
Que, toute pudeur en bas,
Tu voudras
N'être plus qu'une narine.

II

Ô Sirnium, cap au gazon fleuri,
Enfin, c'est toi, je te revois encore
Et les rayons consolants de l'aurore
M'ont révélé ton visage chéri.

J'ai peine encore à croire l'évidence
Que j'ai quitté les bords Bithyniens,
Ces flots, ô cap Sirnium, sont les tiens,
Je puis enfin te voir en assurance.

Ah ! qu'il est bon au retour, le foyer,
Et qu'il est doux, le vieux lit de noyer,
Quand on s'y couche après un long voyage.

Aussi, salut, cap Sirnium et toi, son
Bleu miroir, lac qu'une forêt ombrage.
Gai ! que la joie emplisse la maison.

PAUL VERLAINE, *Premiers Vers.*

Le Marquis ouvrit la porte du salon ; une des dames se leva (la Marquise elle-même), vint à la rencontre d'Emma et la fit asseoir près d'elle, sur une causeuse, où elle se mit à lui parler amicalement comme si elle la connaissait depuis longtemps. C'était une femme de la quarantaine environ, à belles épaules, à nez busqué, à la voix traînante, et portant, ce soir-là, sur ses cheveux châtains, un simple fichu de guipure qui retombait par derrière, en triangle. Une jeune personne blonde se tenait à côté, dans une chaise à dossier long ; et des messieurs, qui avaient une petite fleur à la boutonnière de leur habit, causaient avec les dames, tout autour de la cheminée.

À sept heures, on servit le dîner. Les hommes, plus nombreux, s'assirent à la première table dans le vestibule, et les dames à la seconde, dans la salle à manger, avec le Marquis et la Marquise.

Emma se sentit, en entrant, enveloppée par un air chaud, mélange du parfum des fleurs et du beau linge, du fumet des viandes et de l'odeur des truffes. Les bougies des candélabres allongeaient des flammes sur les cloches d'argent, les cristaux à facettes, couverts d'une buée mate, se renvoyaient des rayons pâles ; des bouquets étaient en ligne sur toute la longueur de la table, et, dans les assiettes à large bordure, les serviettes arrangées en manière de bonnet d'évêque, tenaient entre le bâillement de leurs deux plis chacune un petit pain de forme ovale. Les pattes rouges des homards dépassaient les plats ; de gros fruits dans des corbeilles à jour s'étageaient sur la mousse ; les cailles avaient leurs plumes, des fumées montaient ; et, en bas de soie, en culotte courte, en cravate blanche, en jabot, grave comme un juge, le maître d'hôtel, passant entre les épaules des convives les plats tout découpés, faisait d'un coup de sa cuiller sauter pour vous le morceau qu'on choisissait. Sur le grand poêle de porcelaine à baguettes de cuivre, une statue de femme drapée jusqu'au menton regardait immobile la salle pleine de monde.

GUSTAVE FLAUBERT, *Madame Bovary*.

Une fois au service du pape, le drôle continua le jeu qui lui avait si bien réussi. Insolent avec tout le monde, il n'avait d'attentions ni de prévenances que pour la mule, et toujours on le rencontrait par les cours du palais avec une poignée d'avoine ou une bottelée de sainfoin, dont il secouait gentiment les grappes roses en regardant le balcon du Saint-Père, d'un air de dire : « Hein !... pour qui ça ?... » Tant et tant qu'à la fin le bon pape, qui se sentait devenir vieux, en arriva à lui laisser le soin de veiller sur l'écurie et de porter à la mule son bol de vin à la française ; ce qui ne faisait pas rire les cardinaux.

Ni la mule non plus, cela ne la faisait pas rire... Maintenant, à l'heure de son vin, elle voyait toujours arriver chez elle cinq ou six petits clercs de maîtrise qui se fourraient vite dans la paille avec leur camail et leurs dentelles ; puis, au bout d'un moment une bonne odeur chaude de caramel et d'aromates emplissait l'écurie, et Tistet Védène apparaissait portant avec précaution le bol de vin à la française. Alors le martyre de la pauvre bête commençait.

Ce vin parfumé qu'elle aimait tant, qui lui tenait chaud, qui lui mettait des ailes, on avait la cruauté de le lui apporter, là, dans sa mangeoire, de le lui faire respirer ; puis, quand elle en avait les narines pleines, passe je t'ai vu ! La belle liqueur de flamme rose s'en allait toute dans le gosier de ces garnements... Et encore s'ils n'avaient fait que lui voler son vin ; mais c'étaient comme des diables, tous ces petits clercs, quand ils avaient bu !...

ALPHONSE DAUDET, *Lettres de mon moulin*,
« La mule du pape ».

On frappa à la porte de l'allée, Gavard entra. Il restait tous les soirs chez M. Lebigre jusqu'à minuit. Il venait pour avoir une réponse définitive, au sujet de la place d'inspecteur à la marée.

« Vous comprenez, expliqua-t-il, M. Verlaque ne peut attendre davantage, il est vraiment trop malade… Il faut que Florent se décide. J'ai promis de donner une réponse demain, à la première heure.

– Mais Florent accepte », répondit tranquillement Lisa, en donnant un nouveau coup de dents dans son boudin.

Florent, qui n'avait pas quitté sa chaise, pris d'un étrange accablement, essaya vainement de se lever et de protester.

« Non, non, reprit la charcutière, c'est chose entendue… Voyons, mon cher Florent, vous avez assez souffert. Ça fait frémir, ce que vous racontiez tout à l'heure… Il est temps que vous vous rangiez. Vous appartenez à une famille honorable, vous avez reçu de l'éducation et c'est peu convenable, vraiment, de courir les chemins en véritable gueux… À votre âge, les enfantillages ne sont plus permis… Vous avez fait des folies, eh bien, on les oubliera, on vous les pardonnera. Vous rentrerez dans votre classe, dans la classe des honnêtes gens, vous vivrez comme tout le monde, enfin. »

Florent l'écoutait, étonné, ne trouvant pas une parole. Elle avait raison, sans doute. Elle était si saine, si tranquille, qu'elle ne pouvait vouloir le mal. C'était lui, si maigre, le profil noir et louche, qui devait être mauvais et rêver des choses inavouables. Il ne savait plus pourquoi il avait résisté jusque-là.

Mais elle continua, abondamment, le gourmandant comme un petit garçon qui a fait des fautes et qu'on menace des gendarmes. Elle était très maternelle, elle trouvait des raisons très convaincantes. Puis, comme dernier argument :

« Faites-le pour nous, Florent, dit-elle. Nous tenons une certaine position dans le quartier, qui nous force à beaucoup de ménagements… J'ai peur qu'on ne jase, là, entre nous. Cette place arrangera tout, vous serez quelqu'un, même vous nous ferez honneur. »

Elle devenait caressante. Une plénitude emplissait Florent ; il était comme pénétré par cette odeur de la cuisine, qui le nourrissait de toute la nourriture dont l'air était chargé ; il glissait à la lâcheté heureuse de cette digestion continue du milieu gras où il vivait depuis quinze jours. C'était, à fleur de peau, mille chatouillements de graisse naissante, un lent envahissement de l'être entier, une douceur molle et boutiquière. À cette heure avancée de la nuit, dans la chaleur de cette pièce, ses âpretés, ses volontés se fondaient en lui ; il se sentait si alangui par cette soirée calme, par les parfums du boudin et du saindoux, par cette grosse Pauline endormie sur ses genoux, qu'il se surprit à vouloir passer d'autres soirées semblables, des soirées sans fin, qui l'engraisseraient. Mais ce fut surtout Mouton qui le détermina. Mouton dormait profondément, le ventre en l'air, une patte sur son nez, la queue ramenée contre ses flancs comme pour lui servir d'édredon ; et il dormait avec un tel bonheur de chat, que Florent murmura, en le regardant :

« Non ! c'est trop bête, à la fin… J'accepte. Dites que j'accepte, Gavard. »

Alors, Lisa acheva son boudin, s'essuyant les doigts, doucement, au bord de son tablier. Elle voulut préparer le bougeoir de son beau-frère, pendant que Gavard et Quenu le félicitaient de sa détermination. Il fallait faire une fin après tout ; les casse-cou de la politique ne nourrissent pas. Et elle, debout, le bougeoir allumé, regardait Florent d'un air satisfait, avec sa belle face tranquille de vache sacrée.

ÉMILE ZOLA, *Le Ventre de Paris*.

Le crépuscule tombait, il y avait un bruit de caisses remuées, le poisson était couché pour la nuit sur des lits de glace. Alors, Florent, après avoir assisté à la fermeture des grilles, emportait avec lui la poissonnerie dans ses vêtements, dans sa barbe, dans ses cheveux.

Les premiers mois, il ne souffrit pas trop de cette odeur pénétrante. L'hiver était rude ; le verglas changeait les allées en miroirs, les glaçons mettaient des guipures blanches aux tables de marbre et aux fontaines. Le matin, il fallait allumer de petits réchauds sous les robinets pour obtenir un filet d'eau. Les poissons, gelés, la queue tordue, ternes et rudes comme des métaux dépolis, sonnaient avec un bruit cassant de fonte pâle. Jusqu'en février, le pavillon resta lamentable, hérissé, désolé, dans son linceul de glace. Mais vinrent les dégels, les temps mous, les brouillards et les pluies de mars. Alors, les poissons s'amollirent, se noyèrent ; des senteurs de chairs tournées se mêlèrent aux souffles fades de boue qui venaient des rues voisines. Puanteur vague encore, douceur écœurante d'humidité, traînant au ras du sol. Puis, dans les après-midi ardentes de juin, la puanteur monta, alourdit l'air d'une buée pestilentielle. On ouvrait les fenêtres supérieures, de grands stores de toile grise pendaient sous le ciel brûlant, une pluie de feu tombait sur les Halles, les chauffait comme un four de tôle ; et pas un vent ne balayait cette vapeur de marée pourrie. Les bancs de vente fumaient.

Florent souffrit alors de cet entassement de nourriture, au milieu duquel il vivait. Les dégoûts de la charcuterie lui revinrent, plus intolérables. Il avait supporté des puanteurs aussi terribles ; mais elles ne venaient pas du ventre. Son estomac étroit d'homme maigre se révoltait, en passant devant ces étalages de poissons mouillés à grande eau, qu'un coup de chaleur gâtait. Ils le nourrissaient de leurs senteurs fortes, le suffoquaient, comme s'il avait eu une indigestion d'odeurs. Lorsqu'il s'enfermait dans son bureau, l'écœurement le suivait, pénétrant par les boiseries mal jointes de la porte et de la fenêtre.

ÉMILE ZOLA, *Le Ventre de Paris.*

Florent écoutait mal les explications de M. Verlaque. Une barre de soleil, tombant du haut vitrage de la rue couverte, vint allumer ces couleurs précieuses, lavées et attendries par la vague, irisées et fondues dans les tons de chair des coquillages, l'opale des merlans, la nacre des maquereaux, l'or des rougets, la robe lamée des harengs, les grandes pièces d'argenterie des saumons. C'était comme les écrins, vidés à terre, de quelque fille des eaux, des parures inouïes et bizarres, un ruissellement, un entassement de colliers, de bracelets monstrueux, de broches gigantesques, de bijoux barbares, dont l'usage échappait. Sur le dos des raies et des chiens de mer, de grosses pierres sombres, violâtres, verdâtres, s'enchâssaient dans un métal noirci ; et les minces barres des équilles, les queues et les nageoires des éperlans, avaient des délicatesses de bijouterie fine.

Mais ce qui montait à la face de Florent, c'était un souffle frais, un vent de mer qu'il reconnaissait, amer et salé. Il se souvenait des côtes de la Guyane, des beaux temps de la traversée. Il lui semblait qu'une baie était là, quand l'eau se retire et que les algues fument au soleil ; les roches mises à nu s'essuient, le gravier exhale une haleine forte de marée. Autour de lui, le poisson, d'une grande fraîcheur, avait un bon parfum, ce parfum un peu âpre et irritant qui déprave l'appétit.

M. Verlaque toussa. L'humidité le pénétrait, il se serrait plus étroitement dans son cache-nez.

« Maintenant, dit-il, nous allons passer au poisson d'eau douce. »

Là, du côté du pavillon aux fruits, et le dernier vers la rue Rambuteau, le banc de la criée est entouré de deux viviers circulaires, séparés en cases distinctes par des grilles de fonte. Des robinets de cuivre, à col de cygne, jettent de minces filets d'eau. Dans chaque case, il y a des grouillements confus d'écrevisses, des nappes mouvantes de dos noirâtres de carpes, des nœuds vagues d'anguilles, sans cesse dénoués et renoués. M. Verlaque fut repris d'une toux opiniâtre. L'humidité était plus fade, une odeur molle de rivière, d'eau tiède endormie sur le sable.

ÉMILE ZOLA, *Le Ventre de Paris.*

Mes tantes y arrivent le samedi pour vendre du fromage, des poulets et du beurre.

Je vais les y voir, et c'est une fête chaque fois.

C'est qu'on y entend des cris, du bruit, des rires !

Il y a des embrassades et des querelles.

Il y a des engueulades qui rougissent les yeux, bleuissent les joues, crispent les poings, arrachent les cheveux, cassent les œufs, renversent les éventaires, dépoitraillent les matrones, et me remplissent d'une joie pure.

Je nage dans la vie familière, grasse, plantureuse et saine.

J'aspire à plein nez des odeurs de nature : la marée, l'étable, les vergers, les bois…

Il y a des parfums âcres et des parfums doux, qui viennent des paniers de poissons ou des paniers de fruits, qui s'échappent des tas de pommes ou des tas de fleurs, de la motte de beurre ou du pot de miel.

Et comme les habits sont bien des habits de campagne !

Les vestes des hommes se redressent comme des queues d'oiseaux, les cotillons des femmes se tiennent en l'air comme s'il y avait un champignon dessous.

Des cols de chemise comme des œillères de cheval, des pantalons à ponts, couleur de vache, avec des boutons larges comme des lunes, des chemises pelucheuses et jaunes comme des peaux de cochons, des souliers comme des troncs d'arbre…

Les parapluies énormes, en coton sang de bœuf, les longs bâtons qui ont le bout comme un oignon, les petites poules noires qui se cognent contre les cages, les coqs fiers, piaffant sur leurs pattes à la hussarde…

C'est l'arche de Noé en plein vent, déballée sur un lit de fumier, de paille et de feuillage.

La fontaine claire vomit par la gueule de ses lions des nappes de fraîcheur.

JULES VALLÈS, *L'Enfant.*

Sardines à l'huile fine sans têtes et sans arêtes.
(*Réclames de sardiniers*, passim.)

Dans leur cercueil de fer-blanc
plein d'huile au puant relent
marinent décapités
ces petits corps argentés
pareils aux guillotinés
là-bas au champ des navets !
Elles ont vu les mers, les
côtes grises de Thulé,
sous les brumes argentées
la Mer du Nord enchantée…
Maintenant dans le fer-blanc
et l'huile au puant relent
de toxiques restaurants
les servent à leurs clients !
Mais loin derrière la nue
leur pauvre âmette ingénue
dit sa muette chanson
au Paradis-des-poissons,
une mer fraîche et lunaire
pâle comme un poitrinaire,
la Mer de Sérénité
aux longs reflets argentés
où durant l'éternité,
sans plus craindre jamais les
cormorans et les filets,
après leur mort nageront
tous les bons petits poissons !…

Sans voix, sans mains, sans genoux*
sardines, priez pour nous !…

GEORGES FOUREST, *La Négresse blonde.*

* Tout ce qu'il faut pour prier. (*Note de l'auteur.*)

Les viandes grillent en plein vent,
les sauces se composent
et la fumée remonte les chemins à vif
et rejoint qui marchait.
Alors le Songeur aux joues sales
se tire
d'un vieux songe tout rayé de violences,
de ruses et d'éclats,
et orné de sueurs, vers l'odeur de la viande
il descend
comme une femme qui traîne : ses toiles,
tout son linge et ses cheveux défaits.

SAINT-JOHN PERSE, *Éloges*.

Et il va de soi qu'un homme riche, qui n'a jamais connu que le dénuement volontaire, ou n'en a fait l'expérience qu'à titre provisoire, comme de l'un des incidents plus ou moins excitants de la guerre et du voyage, aurait mauvaise grâce à se vanter de ne pas se gorger. S'empiffrer à certains jours de fête a toujours été l'ambition, la joie, et l'orgueil naturel des pauvres. J'aimais l'arôme de viandes rôties et le bruit de marmites raclées des réjouissances de l'armée, et que les banquets du camp (ou ce qui au camp était un banquet) fussent ce qu'ils devraient toujours être, un joyeux et grossier contrepoids aux privations des jours ouvrables ; je tolérais assez bien l'odeur de friture des places publiques en temps de Saturnales. Mais les festins de Rome m'emplissaient de tant de répugnance et d'ennui que si j'ai quelquefois cru mourir au cours d'une exploration ou d'une expédition militaire, je me suis dit, pour me réconforter, qu'au moins je ne dînerais plus. Ne me fais pas l'injure de me prendre pour un vulgaire renonciateur : une opération qui a lieu deux ou trois fois par jour, et dont le but est d'alimenter la vie, mérite assurément tous nos soins. Manger un fruit, c'est faire entrer en soi un bel objet vivant, étranger, nourri et favorisé comme nous par la terre ; c'est consommer un sacrifice où nous nous préférons aux choses. Je n'ai jamais mordu dans la miche de pain des casernes sans m'émerveiller que cette concoction lourde et grossière sût se changer en sang, en chaleur, peut-être en courage. Ah, pourquoi mon esprit, dans ses meilleurs jours, ne possède-t-il jamais qu'une partie des pouvoirs assimilateurs d'un corps ?

C'est à Rome, durant les longs repas officiels, qu'il m'est arrivé de penser aux origines relativement récentes de notre luxe, à ce peuple de fermiers économes et de soldats frugaux, repus d'ail et d'orge, subitement vautrés par la conquête dans les cuisines de l'Asie, engloutissant ces nourritures compliquées avec une rusticité de paysans pris de fringale. Nos Romains s'étouffent d'ortolans, s'inondent de sauces, et s'empoisonnent d'épices. Un Apicius s'enorgueillit de la succession des services, de cette série de plats aigres ou doux, lourds ou subtils, qui composent la belle ordonnance de ses banquets ; passe encore si chacun de ces mets était servi à part, assimilé à jeun, doctement dégusté par un gourmet aux papilles intactes. Présentés pêle-mêle, au sein d'une profusion banale et journalière, ils forment dans le palais et dans l'estomac de l'homme qui mange une confusion détestable où les odeurs, les saveurs, les substances perdent leur valeur propre et leur ravissante identité. Ce pauvre Lucius s'amusait jadis à me confectionner des plats rares ; ses pâtés de faisans, avec leur savant dosage de jambon et d'épices, témoignaient d'un art aussi exact que celui du musicien et du peintre ; je regrettais pourtant la chair nette du bel oiseau. La Grèce s'y entendait mieux : son vin résiné, son pain clouté de sésame, ses poissons retournés sur le gril au bord de la mer, noircis inégalement par le feu et assaisonnés çà et là du craquement d'un grain de sable, contentaient purement l'appétit sans entourer de trop de complications la plus simple de nos joies. J'ai goûté, dans tel bouge d'Égine ou de Phalère, à des nourritures si fraîches qu'elles demeuraient divinement propres, en dépit des doigts sales du garçon de taverne, si modiques, mais si suffisantes, qu'elles semblaient contenir sous la forme la plus résumée possible quelque essence d'immortalité.

MARGUERITE YOURCENAR, *Mémoires d'Hadrien*.

Vers la fin du printemps, je m'embarquai pour l'Italie sur un vaisseau de haut bord de la flotte ; j'emmenais avec moi Céler, devenu indispensable, et Diotime de Gadara, jeune Grec de naissance servile, rencontré à Sidon, et qui était beau. La route du retour traversait l'Archipel ; pour la dernière fois sans doute de ma vie, j'assistais aux bonds des dauphins dans l'eau bleue ; j'observais, sans songer désormais à en tirer des présages, le long vol régulier des oiseaux migrateurs, qui parfois, pour se reposer, s'abattent amicalement sur le pont du navire ; je goûtais cette odeur de sel et de soleil sur la peau humaine, ce parfum de lentisque et de térébinthe des îles où l'on voudrait vivre, et où l'on sait d'avance qu'on ne s'arrêtera pas. Diotime a reçu cette parfaite instruction littéraire qu'on donne souvent, pour accroître encore leur valeur, aux jeunes esclaves doués des grâces du corps ; au crépuscule, couché à l'arrière, sous un tendelet de pourpre, je l'écoutais me lire des poètes de son pays, jusqu'à ce que la nuit effaçât également les lignes qui décrivent l'incertitude tragique de la vie humaine, et celles qui parlent de colombes, de couronnes de roses, et de bouches baisées. Une haleine humide s'exhalait de la mer ; les étoiles montaient une à une à leur place assignée ; le navire penché par le vent filait vers l'Occident où s'éraillait encore une dernière bande rouge ; un sillage phosphorescent s'étirait derrière nous, bientôt recouvert par les masses noires des vagues. Je me disais que seules deux affaires importantes m'attendaient à Rome ; l'une était le choix de mon successeur, qui intéressait tout l'empire ; l'autre était ma mort, et ne concernait que moi.

MARGUERITE YOURCENAR, *Mémoires d'Hadrien*.

Senteurs

des villes

*

Senteurs

des champs

J'aime fort les jardins qui sentent le sauvage ; j'aime le flot de l'eau qui gazouille au rivage.

RONSARD

Ô myrrhe ! ô cinname !
Nard cher aux époux !
Baume ! éther ! dictame !
De l'eau, de la flamme,
Parfums les plus doux !

Prés que l'onde arrose !
Vapeurs de l'autel !
Lèvres de la rose
Où l'abeille pose
Sa bouche de miel !

Jasmin ! asphodèle !
Encensoirs flottants !
Branche verte et frêle
Où fait l'hirondelle
Son nid au printemps !

Lis que fait éclore
Le frais arrosoir !
Ambre que Dieu dore !
Souffle de l'aurore,
Haleine du soir !

Parfum de la sève
Dans les bois mouvants !
Odeur de la grève
Qui la nuit s'élève
Sur l'aile des vents !

Fleurs dont la chapelle
Se fait un trésor !
Flamme solennelle,
Fumée éternelle
Des sept lampes d'or !

Tiges qu'a brisées
Le tranchant du fer !
Urnes embrasées !
Esprits des rosées
Qui flottez dans l'air !

Fêtes réjouies
D'encens et de bruits !
Senteurs inouïes !
Fleurs épanouies
Au souffle des nuits !

Odeurs immortelles
Que les Ariel,
Archanges fidèles,
Prennent sur leurs ailes
En venant du ciel !

Ô couche première
Du premier époux !
De la terre entière,
Des champs de lumière
Parfums les plus doux !

Dans l'auguste sphère,
Parfums, qu'êtes-vous,
Près de la prière
Qui dans la poussière
S'épanche à genoux !

Près du cri d'une âme
Qui fond en sanglots,
Implore et réclame,
Et s'exhale en flamme,
Et se verse à flots !

Près de l'humble offrande
D'un enfant de lin
Dont l'extase est grande
Et qui recommande
Son père orphelin !

Bouche qui soupire,
Mais sans murmurer !
Ineffable lyre !
Voix qui fait sourire
Et qui fait pleurer !

VICTOR HUGO, *Les Feuilles d'automne*.

Naturellement destiné à l'exploitation de la pension bourgeoise, le rez-de-chaussée se compose d'une première pièce éclairée par les deux croisées de la rue, et où l'on entre par une porte-fenêtre. Ce salon communique à une salle à manger qui est séparée de la cuisine par la cage d'un escalier dont les marches sont en bois et en carreaux mis en couleur et frottés. Rien n'est plus triste à voir que ce salon meublé de fauteuils et de chaises en étoffe de crin à raies alternativement mates et luisantes. Au milieu se trouve une table ronde à dessus de marbre Sainte-Anne, décorée de ce cabaret en porcelaine blanche ornée de filets d'or effacés à demi, que l'on rencontre partout aujourd'hui. Cette pièce, assez mal planchéiée, est lambrissée à hauteur d'appui. Le surplus des parois est tendu d'un papier verni représentant les principales scènes de *Télémaque*, et dont les classiques personnages sont coloriés. Le panneau d'entre les croisées grillagées offre aux pensionnaires le tableau du festin donné au fils d'Ulysse par Calypso. Depuis quarante ans, cette peinture excite les plaisanteries des jeunes pensionnaires, qui se croient supérieurs à leur position en se moquant du dîner auquel la misère les condamne. La cheminée en pierre, dont le foyer toujours propre atteste qu'il ne s'y fait de feu que dans les grandes occasions, est ornée de deux vases pleins de fleurs artificielles, vieillies et encagées, qui accompagnent une pendule en marbre bleuâtre du plus mauvais goût. Cette première pièce exhale une odeur sans nom dans la langue, et qu'il faudrait appeler l'*odeur de pension*. Elle sent le renfermé, le moisi, le rance ; elle donne froid, elle est humide au nez, elle pénètre les vêtements ; elle a le goût d'une salle où l'on a dîné ; elle pue le service, l'office, l'hospice. Peut-être pourrait-elle se décrire si l'on inventait un procédé pour évaluer les quantités élémentaires et nauséabondes qu'y jettent les atmosphères catarrhales et *sui generis* de chaque pensionnaire, jeune ou vieux. Eh bien ! malgré ces plates horreurs, si vous le compariez à la salle à manger, qui lui est contiguë, vous trouveriez ce salon élégant et parfumé comme doit l'être un boudoir. Cette salle, entièrement boisée, fut jadis peinte en une couleur indistincte aujourd'hui, qui forme un fond sur lequel la crasse a imprimé ses couches de manière à y dessiner des figures bizarres. Elle est plaquée de buffets gluants sur lesquels sont des carafes échancrées, ternies, des ronds de moiré métallique, des piles d'assiettes en porcelaine épaisse, à bords bleus, fabriquées à Tournai. [...]

Cette pièce est dans tout son lustre au moment où, vers sept heures du matin, le chat de madame Vauquer précède sa maîtresse, saute sur les buffets, y flaire le lait que contiennent plusieurs jattes couvertes d'assiettes, et fait entendre son *rourou* matinal. Bientôt la veuve se montre, attifée de son bonnet de tulle sous lequel pend un tour de faux cheveux mal mis ; elle marche en traînassant ses pantoufles grimacées. Sa face vieillotte, grassouillette, du milieu de laquelle sort un nez à bec de perroquet ; ses petites mains potelées, sa personne dodue comme un rat d'église, son corsage trop plein et qui flotte, sont en harmonie avec cette salle où suinte le malheur, où s'est blottie la spéculation et dont madame Vauquer respire l'air chaudement fétide sans en être écœurée. Sa figure fraîche comme une première gelée d'automne, ses yeux ridés, dont l'expression passe du sourire prescrit aux danseuses à l'amer renfrognement de l'escompteur, enfin toute sa personne explique la pension, comme la pension implique sa personne. Le bagne ne va pas sans l'argousin, vous n'imagineriez pas l'un sans l'autre. L'embonpoint blafard de cette petite femme est le produit de cette vie, comme le typhus est la conséquence des exhalaisons d'un hôpital. Son jupon de laine tricotée, qui dépasse sa première jupe faite avec une vieille robe, et dont la ouate s'échappe par les fentes de l'étoffe lézardée, résume le salon, la salle à manger, le jardinet, annonce la cuisine et fait pressentir les pensionnaires. Quand elle est là, le spectacle est complet.

HONORÉ DE BALZAC, *Le Père Goriot.*

Les roses de Saadi

J'ai voulu ce matin te rapporter des roses ;
Mais j'en avais tant pris dans mes ceintures closes
Que les nœuds trop serrés n'ont pu les contenir.

Les nœuds ont éclaté. Les roses envolées
Dans le vent, à la mer s'en sont toutes allées.
Elles ont suivi l'eau pour ne plus revenir.

La vague en a paru rouge et comme enflammée.
Ce soir, ma robe encore en est toute embaumée…
Respires-en sur moi l'odorant souvenir.

MARCELINE DESBORDES-VALMORE,
Poésies inédites.

Camélia et pâquerette

On admire les fleurs de serre
Qui loin de leur soleil natal,
Comme des joyaux mis sous verre,
Brillent sous un ciel de cristal.

Sans que les bises les effleurent
De leurs baisers mystérieux,
Elles naissent, vivent et meurent
Devant le regard curieux.

À l'abri de murs diaphanes,
De leur sein ouvrant le trésor,
Comme de belles courtisanes,
Elles se vendent à prix d'or.

La porcelaine de la Chine
Les reçoit par groupes coquets,
Ou quelque main gantée et fine
Au bal les balance en bouquets.

Mais souvent parmi l'herbe verte,
Fuyant les yeux, fuyant les doigts,
De silence et d'ombre couverte,
Une fleur vit au fond des bois.

Un papillon blanc qui voltige,
Un coup d'œil au hasard jeté,
Vous fait surprendre sur sa tige
La fleur dans sa simplicité.

Belle de sa parure agreste
S'épanouissant au ciel bleu,
Et versant son parfum modeste
Pour la solitude et pour Dieu.

Sans toucher à son pur calice
Qu'agite un frisson de pudeur,
Vous respirez avec délice
Son âme dans sa fraîche odeur.

Et tulipes au port superbe,
Camélias si chers payés,
Pour la petite fleur sous l'herbe,
En un instant, sont oubliés !

THÉOPHILE GAUTIER, *Émaux et Camées.*

Crépuscule du soir mystique

Le Souvenir avec le Crépuscule
Rougeoie et tremble à l'ardent horizon
De l'Espérance en flamme qui recule
Et s'agrandit ainsi qu'une cloison
Mystérieuse où mainte floraison
– Dahlia, lys, tulipe et renoncule –
S'élance autour d'un treillis, et circule
Parmi la maladive exhalaison
De parfums lourds et chauds, dont le poison
– Dahlia, lys, tulipe et renoncule –
Noyant mes sens, mon âme et ma raison,
Mêle dans une immense pâmoison
Le Souvenir avec le Crépuscule.

PAUL VERLAINE, *Poèmes saturniens.*

Cythère

Un pavillon à claires-voies
Abrite doucement nos joies
Qu'éventent des rosiers amis ;

L'odeur des roses, faible, grâce
Au vent léger d'été qui passe,
Se mêle aux parfums qu'elle a mis ;

Comme ses yeux l'avaient promis,
Son courage est grand et sa lèvre
Communique une exquise fièvre ;

Et l'Amour comblant tout, hormis
La faim, sorbets et confitures
Nous préservent des courbatures.

PAUL VERLAINE, *Fêtes galantes*.

Civitavecchia est le plus beau nid de saleté, de vermine et d'ignorance que nous ayons vu jusqu'ici, excepté cette ruine africaine que l'on appelle Tanger, qui est toute pareille. Les gens d'ici vivent dans des ruelles de six pieds de large qui ont une odeur particulière mais nullement divertissante. Heureusement que les ruelles ne sont pas plus larges, car elles contiennent actuellement autant d'odeur que peut en supporter un individu, et naturellement, si elles étaient plus larges, elles en contiendraient davantage, et alors les gens mourraient. Ces ruelles sont pavées de pierre et recouvertes de chats morts, de chiffons pourris, d'épluchures de légumes et de restes de vieilles bottes décomposés, le tout trempé d'eau de vaisselle, et les gens sont assis sur des tabourets, ravis. Ils sont en général indolents, mais ont aussi quelques passe-temps. Ils travaillent deux ou trois heures d'affilée, mais pas durement, puis ils s'arrêtent et attrapent des mouches. Ceci ne requiert aucun talent parce qu'ils n'ont qu'à les saisir ; s'ils n'attrapent pas celle qu'ils cherchaient ils en attrapent une autre. Pour eux, cela revient au même. Ils ne sont pas sectaires. Celle qu'ils attrapent c'est celle qu'ils voulaient.

MARK TWAIN, *Le Voyage des innocents.*

La mer Morte est petite. Ses eaux sont très claires et sont fond de galets reste peu profond jusqu'à une grande distance du bord. Elle produit des quantités d'asphalte ; on en trouve des fragments sur toutes ses rives ; cette substance répand une odeur assez désagréable.

Toutes nos lectures nous avaient amenés à prévoir que le premier plongeon dans la mer Morte aurait des résultats désastreux. [...]

Non, l'eau ne nous a pas donné d'ampoules ; elle ne nous a pas recouverts de vase visqueuse et ne nous a pas donné une odeur épouvantable ; elle n'était pas très limoneuse ; et je n'ai pas remarqué que nous sentions vraiment plus mauvais que nous ne sentions depuis que nous sommes arrivés en Palestine. C'était seulement une odeur différente, et de ce fait peu remarquable, puisque nous connaissons une grande variété dans ce domaine. Nous n'avions pas, au bord du Jourdain, la même odeur qu'à Jérusalem ; et à Jérusalem nous n'avions pas la même odeur qu'à Tibériade ou Césarée de Philippe, ou l'une des autres villes en ruines de Galilée.

MARK TWAIN, *Le Voyage des innocents.*

À Paris, les oranges ont l'air triste de fruits tombés ramassés sous l'arbre. À l'heure où elles vous arrivent, en plein hiver pluvieux et froid, leur écorce éclatante, leur parfum exagéré dans ces pays de saveurs tranquilles, leur donnent un aspect étrange, un peu bohémien. Par les soirées brumeuses, elles longent tristement les trottoirs, entassées dans leurs petites charrettes ambulantes, à la lueur sourde d'une lanterne en papier rouge. Un cri monotone et grêle les escorte, perdu dans le roulement des voitures, le fracas des omnibus : « À deux sous la Valence ! »

Pour les trois quarts des Parisiens, ce fruit cueilli au loin, banal dans sa rondeur, où l'arbre n'a rien laissé qu'une mince attache verte, tient de la sucrerie, de la confiserie. Le papier de soie qui l'entoure, les fêtes qu'il accompagne contribuent à cette impression. Aux approches de janvier surtout, les milliers d'oranges disséminées par les rues, toutes ces écorces traînant dans la boue du ruisseau, font songer à quelque arbre de Noël gigantesque qui secouerait sur Paris ses branches chargées de fruits factices. Pas un coin où on ne les rencontre. À la vitrine claire des étalages, choisies et parées ; à la porte des prisons et des hospices, parmi les paquets de biscuits, les tas de pommes ; devant l'entrée des bals, des spectacles du dimanche. Et leur parfum exquis se mêle à l'odeur du gaz, au bruit des crincrins, à la poussière des banquettes du paradis. [...]

Mais mon meilleur souvenir d'oranges me vient encore de Barbicaglia, un grand jardin auprès d'Ajaccio où j'allais faire la sieste aux heures de chaleur. Ici les orangers, plus hauts, plus espacés qu'à Blidah, descendaient jusqu'à la route, dont le jardin n'était séparé que par une haie vive et un fossé. Tout de suite après, c'était la mer, l'immense mer bleue… Quelles bonnes heures j'ai passées dans ce jardin ! Au-dessus de ma tête, les orangers en fleurs et en fruits brûlaient leurs parfums d'essences. De temps en temps, une orange mûre, détachée tout à coup, tombait près de moi comme alourdie de chaleur avec un bruit mat, sans écho, sur la terre pleine. Je n'avais qu'à allonger la main. C'étaient des fruits superbes, d'un rouge pourpre à l'intérieur. Ils me paraissaient exquis, et puis l'horizon était si beau. Entre les feuilles, la mer mettait des espaces bleus éblouissants comme des morceaux de verre brisé qui miroitaient dans la brume de l'air. Avec cela, le mouvement du flot agitant l'atmosphère à de grandes distances, ce murmure cadencé qui vous berce comme dans une barque invisible, la chaleur, l'odeur des oranges… Ah ! qu'on était bien pour dormir dans le jardin de Barbicaglia !

ALPHONSE DAUDET, *Lettres de mon moulin.*

Qui peint la fleur
n'en peut peindre l'odeur.

Proverbe français

Quand on vit au milieu des roses
on en prend malgré soi le parfum.

Proverbe russe

I

On n'est pas sérieux, quand on a dix-sept ans.
– Un beau soir, foin des bocks et de la limonade,
Des cafés tapageurs aux lustres éclatants !
– On va sous les tilleuls verts de la promenade.

Les tilleuls sentent bon dans les bons soirs de juin !
L'air est parfois si doux, qu'on ferme la paupière ;
Le vent chargé de bruits, – la ville n'est pas loin, –
A des parfums de vigne et des parfums de bière...

II

– Voilà qu'on aperçoit un tout petit chiffon
D'azur sombre, encadré d'une petite branche,
Piqué d'une mauvaise étoile, qui se fond
Avec de doux frissons, petite et toute blanche...

Nuit de juin ! Dix-sept ans ! – On se laisse griser.
La sève est du champagne et vous monte à la tête...
On divague ; on se sent aux lèvres un baiser
Qui palpite là, comme une petite bête...

III

Le cœur fou Robinsonne à travers les romans,
– Lorsque, dans la clarté d'un pâle réverbère,
Passe une demoiselle aux petits airs charmants,
Sous l'ombre du faux col effrayant de son père...

Et, comme elle vous trouve immensément naïf,
Tout en faisant trotter ses petites bottines,
Elle se tourne, alerte et d'un mouvement vif...
– Sur vos lèvres alors meurent les cavatines...

IV

Vous êtes amoureux. Loué jusqu'au mois d'août.
Vous êtes amoureux. – Vos sonnets La font rire.
Tous vos amis s'en vont, vous êtes *mauvais goût*.
– Puis l'adorée, un soir, a daigné vous écrire… !

– Ce soir-là,… – vous rentrez aux cafés éclatants,
Vous demandez des bocks ou de la limonade…
– On n'est pas sérieux, quand on a dix-sept ans
Et qu'on a des tilleuls verts sur la promenade.

ARTHUR RIMBAUD, *Poésies*.

Le dormeur du val

C'est un trou de verdure où chante une rivière
Accrochant follement aux herbes des haillons
D'argent ; où le soleil, de la montagne fière,
Luit : c'est un petit val qui mousse de rayons.

Un soldat jeune, bouche ouverte, tête nue,
Et la nuque baignant dans le frais cresson bleu,
Dort ; il est étendu dans l'herbe, sous la nue,
Pâle dans son lit vert où la lumière pleut.

Les pieds dans les glaïeuls, il dort. Souriant comme
Sourirait un enfant malade, il fait un somme :
Nature, berce-le chaudement : il a froid.

Les parfums ne font pas frissonner sa narine ;
Il dort dans le soleil, la main sur sa poitrine
Tranquille. Il a deux trous rouges au côté droit.

ARTHUR RIMBAUD, *Poésies*.

Cadine vendit aussi du cresson. « À deux sous la botte ! à deux sous la botte ! » Et c'était Marjolin qui entrait dans les boutiques pour offrir « le beau cresson de fontaine, la santé du corps ! » Mais les Halles centrales venaient d'être construites ; la petite restait en extase devant l'allée aux fleurs qui traverse le pavillon des fruits. Là, tout le long, les bancs de vente, comme des plates-bandes aux deux bords d'un sentier, fleurissent, épanouissent de gros bouquets ; c'est une moisson odorante, deux haies épaisses de roses, entre lesquelles les filles du quartier aiment à passer, souriantes, un peu étouffées par la senteur trop forte ; et, en haut des étalages, il y a des fleurs artificielles, des feuillages de papier où des gouttes de gomme font des gouttes de rosée, des couronnes de cimetière en perles noires et blanches qui se moirent de reflets bleus. Cadine ouvrait son nez rose avec des sensualités de chatte ; elle s'arrêtait dans cette fraîcheur douce, emportait tout de qu'elle pouvait de parfum. Quand elle mettait son chignon sous le nez de Marjolin, il disait que ça sentait l'œillet. Elle jurait qu'elle ne se servait plus de pommade, qu'il suffisait de passer dans l'allée. Puis, elle intrigua tellement, qu'elle entra au service d'une des marchandes. Alors, Marjolin trouva qu'elle sentait bon des pieds à la tête. Elle vivait dans les roses, dans les lilas, dans les giroflées, dans les muguets. Lui, flairant sa jupe, longuement, en manière de jeu, semblait chercher, finissait par dire : « Ça sent le muguet. » Il montait à la taille, au corsage, reniflait plus fort : « Ça sent la giroflée. » Et aux manches, à la jointure des poignets : « Ça sent le lilas. » Et à la nuque, tout autour du cou, sur les joues, sur les lèvres : « Ça sent la rose. » Cadine riait, l'appelait « bêta », lui criait de finir, parce qu'il lui faisait des chatouilles avec le bout de son nez.

Elle avait une haleine de jasmin. Elle était un bouquet tiède et vivant. [...]

Cadine n'avait plus que deux respects : le respect du lilas blanc, dont la botte de huit à dix branches coûte, l'hiver, de quinze à vingt francs ; et le respect des camélias, plus chers encore, qui arrivent par douzaines dans des boîtes, couchés sur un lit de mousse, recouverts d'une feuille d'ouate. Elle les prenait, comme elle aurait pris des bijoux, délicatement, sans respirer, de peur de les gâter d'un souffle ; puis, c'était avec des précautions infinies qu'elle attachait sur des brins de jonc leurs queues courtes. Elle parlait d'eux sérieusement. Elle disait à Marjolin qu'un beau camélia blanc, sans piqûre de rouille, était une chose rare, tout à fait belle. Comme elle lui en faisait admirer un, il s'écria, un jour :

« Oui, c'est gentil, mais j'aime mieux le dessous de ton menton, là, à cette place ; c'est joliment plus doux et plus transparent que ton camélia... Il y a des petites veines bleues et roses qui ressemblent à des veines de fleur. »

Il la caressait du bout des doigts ; puis il approcha le nez, murmurant :

« Tiens, tu sens l'oranger, aujourd'hui. »

ÉMILE ZOLA, *Le Ventre de Paris*.

« Va, nous ne sommes pas au bout ! s'écria Albine. Marchons, marchons toujours. »

Mais Serge l'arrêta. Ils étaient alors au centre d'une ancienne colonnade en ruine. Des fûts de colonne faisaient des bancs, parmi des touffes de primevères et de pervenches. Au loin, entre les colonnes restées debout, d'autres champs de fleurs s'étendaient : des champs de tulipes, aux vives panachures de faïences peintes ; des champs de calcéolaires, légères soufflures de chair, ponctuées de sang et d'or ; des champs de zinnias, pareils à de grosses pâquerettes courroucées ; des champs de pétunias, aux pétales mous comme une batiste de femme, montrant le rose de la peau ; des champs encore, des champs à l'infini, dont on ne reconnaissait plus les fleurs, dont les tapis s'étalaient sous le soleil, avec la bigarrure confuse des touffes violentes, noyée dans les verts attendris des herbes,

« Jamais nous ne pourrons tout voir, dit Serge, la main tendue, avec un sourire. C'est ici qu'il doit être bon de s'asseoir, dans l'odeur qui monte. »

À côté d'eux était un champ d'héliotropes, d'une haleine de vanille, si douce, qu'elle donnait au vent une caresse de velours. Alors, ils s'assirent sur une des colonnes renversées, au milieu d'un bouquet de lis superbes qui avaient poussé là. Depuis plus d'une heure, ils marchaient. Ils étaient venus des roses dans les lis, à travers toutes les fleurs. Les lis leur offraient un refuge de candeur, après leur promenade d'amants, au milieu de la sollicitation ardente des chèvrefeuilles suaves, des violettes musquées, des verveines exhalant l'odeur fraîche d'un baiser, des tubéreuses soufflant la pâmoison d'une volupté mortelle.

ÉMILE ZOLA, *La Faute de l'abbé Mouret.*

Puis, ils s'en allèrent, se tenant à la taille ; mais ils étaient redevenus anxieux. Serge abaissait des regards de côté sur le visage d'Albine, qui souffrait, les paupières battantes, à être ainsi regardée. Tous deux auraient voulu redescendre, s'éviter le malaise d'une promenade plus longue. Et, malgré eux, comme cédant à une force qui les poussait, ils tournèrent un rocher, ils arrivèrent sur un plateau, où les attendait de nouveau l'ivresse du grand soleil. Ce n'était plus l'heureuse langueur des plantes aromatiques, le musc du thym, l'encens de la lavande. Ils écrasaient des herbes puantes : l'absinthe, d'une griserie amère ; la rue, d'une odeur de chair fétide ; la valériane brûlante, toute trempée de sa sueur aphrodisiaque. Des mandragores, des ciguës, des ellébores, des belladones, montait un vertige à leurs tempes, un assoupissement, qui les faisait chanceler aux bras l'un de l'autre, le cœur sur les lèvres.

« Veux-tu que je te prenne ? » demanda Serge à Albine, en la sentant s'abandonner contre lui.

Il la serrait déjà entre ses deux bras. Mais elle se dégagea, respirant fortement.

« Non, tu m'étouffes, dit-elle. Laisse. Je ne sais ce que j'ai. La terre remue sous mes pieds… Vois-tu, c'est là que j'ai mal. »

Elle lui prit une main qu'elle posa sur sa poitrine. Alors, lui, devint tout blanc. Il était plus défaillant qu'elle. Et tous deux avaient des larmes au bord des yeux, de se voir ainsi, sans trouver de remède à leur grand malheur. Allaient-ils donc mourir là, de ce mal inconnu ?

« Viens à l'ombre, viens t'asseoir, dit Serge. Ce sont ces plantes qui nous tuent, avec leurs odeurs. »

Il la conduisit par le bout des doigts, car elle tressaillait, lorsqu'il lui touchait seulement le poignet. Le bois d'arbres verts où elle s'assit était fait d'un beau cèdre, qui élargissait à plus de dix mètres les toits plats de ses branches. Puis, en arrière, poussaient les essences bizarres des conifères ; les cupressus au feuillage mou et plat comme une épaisse guipure ; les abiès, droits et graves, pareils à d'anciennes pierres sacrées, noires encore du sang des victimes ; les taxus, dont les robes sombres se frangeaient d'argent ; toutes les plantes à feuillage persistant, d'une végétation trapue, à la verdure foncée de cuir verni, éclaboussée de jaune et de rouge, si puissante, que le soleil glissait sur elle sans l'assouplir. Un araucaria surtout était étrange, avec ses grands bras réguliers, qui ressemblaient à une architecture de reptiles, entés les uns sur les autres, hérissant leurs feuilles imbriquées comme des écailles de serpents en colère. Là, sous ces ombrages lourds, la chaleur avait un sommeil voluptueux. L'air dormait, sans un souffle, dans une moiteur d'alcôve. Un parfum d'amour oriental, le parfum des lèvres peintes de la Sulamite, s'exhalait des bois odorants.

ÉMILE ZOLA, *La Faute de l'abbé Mouret.*

Tous deux, renversés, restèrent muets, perdant haleine, la tête roulante. Albine eut la force de lever un doigt, comme pour inviter Serge à écouter.

C'était le jardin qui avait voulu la faute. Pendant des semaines, il s'était prêté au lent apprentissage de leur tendresse. Puis, au dernier jour, il venait de les conduire dans l'alcôve verte. Maintenant, il était le tentateur, dont toutes les voix enseignaient l'amour. Du parterre, arrivaient des odeurs de fleurs pâmées, un long chuchotement, qui contait les noces des roses, les voluptés des violettes ; et jamais les sollicitations des héliotropes n'avaient eu une ardeur plus sensuelle. Du verger, c'étaient des bouffées de fruits mûrs que le vent apportait, une senteur grasse de fécondité, la vanille des abricots, le musc des oranges. Les prairies élevaient une voix plus profonde, faite des soupirs des millions d'herbes que le soleil baisait, large plainte d'une foule innombrable en rut, qu'attendrissaient les caresses fraîches des rivières, les nudités des eaux courantes, au bord desquelles les saules rêvaient tout haut de désir. La forêt soufflait la passion géante des chênes, les chants d'orgue des hautes futaies, une musique solennelle, menant le mariage des frênes, des bouleaux, des charmes, des platanes, au fond des sanctuaires de feuillage ; tandis que les buissons, les jeunes taillis étaient pleins d'une polissonnerie adorable, d'un vacarme d'amants se poursuivant, se jetant au bord des fossés, se volant le plaisir, au milieu d'un grand froissement de branches. Et, dans cet accouplement du parc entier, les étreintes les plus rudes s'entendaient au loin, sur les roches, là où la chaleur faisait éclater les pierres gonflées de passion, où les plantes épineuses aimaient d'une façon tragique, sans que les sources voisines pussent les soulager, tout allumées elles-mêmes par l'astre qui descendait dans leur lit.

« Que disent-ils ? murmura Serge, éperdu. Que veulent-ils de nous, à nous supplier ainsi ? »

ÉMILE ZOLA, *La Faute de l'abbé Mouret*.

C'était bien le Paradou qui allait lui apprendre à mourir, comme il lui avait appris à aimer. Elle recommença à battre les buissons, plus affamée qu'aux matinées tièdes où elle cherchait l'amour. Et, tout d'un coup, au moment où elle arrivait au parterre, elle surprit la mort, dans les parfums du soir. Elle courut, elle eut un rire de volupté. Elle devait mourir avec les fleurs. [...]

La grande chambre était parée. Maintenant, elle pouvait y mourir. [...]

Là, ce fut une volupté dernière. Les yeux grands ouverts, elle souriait à la chambre. Comme elle avait aimé, dans cette chambre ! Comme elle y mourait heureuse ! À cette heure, rien d'impur ne lui venait plus des Amours de plâtre, rien de troublant ne descendait plus des peintures, où des membres de femme se vautraient. Il n'y avait, sous le plafond bleu, que le parfum étouffant des fleurs. Et il semblait que ce parfum ne fût autre que l'odeur d'amour ancien dont l'alcôve était toujours restée tiède, une odeur grandie, centuplée, devenue si forte, qu'elle soufflait l'asphyxie. Peut-être était-ce l'haleine de la dame morte là, il y avait un siècle. Elle se trouvait ravie à son tour, dans cette haleine. Ne bougeant point, les mains jointes sur son cœur, elle continuait à sourire, elle écoutait les parfums qui chuchotaient dans sa tête bourdonnante. Ils lui jouaient une musique étrange de senteurs qui l'endormit lentement, très doucement. D'abord, c'était un prélude gai, enfantin : ses mains, qui avaient tordu les verdures odorantes, exhalaient l'âpreté des herbes foulées, lui contaient ses courses de gamine au milieu des sauvageries du Paradou. Ensuite, un chant de flûte se faisait entendre, de petites notes musquées qui s'égrenaient du tas de violettes posé sur la table, près du chevet ; et cette flûte, brodant sa mélodie sur l'haleine calme, l'accompagnement régulier des lis de la console, chantait les premiers charmes de son amour, le premier aveu, le premier baiser sous la futaie. Mais elle suffoquait davantage, la passion arrivait avec l'éclat brusque des œillets, à l'odeur poivrée, dont la voix de cuivre dominait un moment toutes les autres. Elle croyait qu'elle allait agoniser dans la phrase maladive des soucis et des pavots, qui lui rappelait les tourments de ses désirs. Et, brusquement, tout s'apaisait, elle respirait plus librement, elle glissait à une douceur plus grande, bercée par une gamme descendante des quarantaines, se ralentissant, se noyant, jusqu'à un cantique adorable des héliotropes, dont les haleines de vanille disaient l'approche des noces. Les belles-de-nuit piquaient çà et là un trille discret. Puis, il y eut un silence. Les roses, languissamment, firent leur entrée. Du plafond coulèrent des voix, un chœur lointain. C'était un ensemble large, qu'elle écouta au début avec un léger frisson. Le chœur s'enfla, elle fut bientôt toute vibrante des sonorités prodigieuses qui éclataient autour d'elle. Les noces étaient venues, les fanfares des roses annonçaient l'instant redoutable. Elle, les mains de plus en plus serrées contre son cœur, pâmée, mourante, haletait. Elle ouvrait la bouche, cherchant le baiser qui devait l'étouffer, quand les jacinthes et les tubéreuses fumèrent, l'enveloppèrent d'un dernier soupir, si profond, qu'il couvrit le chœur des roses. Albine était morte dans le hoquet suprême des fleurs.

ÉMILE ZOLA, *La Faute de l'abbé Mouret.*

Mignonne s'arrêta ; elle eut pour les chevaux une œillade moqueuse et pour son maître un regard interrogateur. Levine la caressa et l'autorisa par un sifflement à commencer sa quête. Elle partit aussitôt, flairant sur le sol mouvant, parmi d'autres senteurs connues – celles des racines, des plantes, de la rouille – ou inconnues – celle du crottin de cheval – cette odeur du gibier qui la troublait plus que toute autre. Cette odeur imprégnait de place en place la mousse et les bardanes, mais on ne pouvait en déterminer la direction. Pour trouver la piste, il lui fallait prendre le vent. Ne sentant pas les mouvements de ses pattes, marchant au petit galop pour pouvoir en cas de besoin s'arrêter brusquement, elle s'éloigna vers la droite, fuyant la brise qui soufflait de l'orient. Quand elle eut pris le vent, elle aspira l'air à pleines narines, et ralentit aussitôt sa course, sentant qu'elle tenait, non plus une piste, mais le gibier lui-même, et en grande abondance. Mais où exactement ? Elle traçait déjà ses lacets, quand la voix de son maître retentit, l'appelant d'un autre côté : « Mignonne, ici ! » Elle s'arrêta indécise, comme pour lui faire entendre que mieux valait la laisser agir à sa guise ; mais Levine réitéra son ordre d'une voix courroucée, en lui désignant un monticule où il ne pouvait rien y avoir. Pour lui faire plaisir, elle grimpa sur le monticule et fit semblant de quêter, mais revint bientôt à l'endroit qui l'attirait. Sûre de son fait, maintenant que son maître ne la gênait plus, sans regarder à ses pieds et butant rageusement contre les mottes, tombant à l'eau mais se redressant aussitôt sur ses pattes vigoureuses et souples, elle se mit à tracer un cercle qui devait lui donner l'explication de l'énigme. L'odeur se faisait toujours plus forte, toujours plus précise ; soudain elle comprit qu'il y en avait « un » là, à cinq pas d'elle, et elle se mit en arrêt, immobile comme une statue. Ses pattes trop courtes l'empêchaient de voir, mais son flair ne la trompait pas. Sa queue tendue ne tremblait que du bout, elle avait la gueule entrouverte et les oreilles dressées ; l'une d'elles s'était retournée en galopant. Elle respirait lourdement, mais avec précaution, et tournait son regard plus que sa tête vers son maître, qui arrivait avec des yeux qu'elle jugeait toujours courroucés et en marchant à une allure aussi rapide que le lui permettait le sol mouvant, mais dont elle maudissait la lenteur.

En voyant Mignonne se presser contre le sol, la gueule entrouverte et les pieds de derrière raclant la terre, Levine comprit qu'elle avait éventé des doubles et prit sa course en suppliant le ciel de ne pas lui faire manquer son premier coup. Arrivé tout près d'elle, il découvrit à moins d'un mètre l'oiseau qu'elle n'avait pu que flairer. C'était bien une double, tapie, l'oreille aux aguets, entre deux mottes : elle fit mine un moment d'ouvrir les ailes, les replia, et frétillant gauchement du croupion, se reblottit dans un coin.

« Pille ! » cria Levine en excitant sa chienne du pied.

« Je ne puis pas bouger, se dit Mignonne, je les sens, mais je ne les vois pas, et si je bouge, je ne saurai plus où les prendre. »

TOLSTOÏ, *Anna Karénine*.

Il fera longtemps clair ce soir

Il fera longtemps clair ce soir, les jours allongent.
La rumeur du jour vif se disperse et s'enfuit.
Et les arbres, surpris de ne pas voir la nuit,
Demeurent éveillés dans le soir blanc, et songent…

Les marronniers, sur l'air plein d'or et de lourdeur,
Répandent leurs parfums et semblent les étendre ;
On n'ose pas marcher ni remuer l'air tendre
De peur de déranger le sommeil des odeurs.

De lointains roulements arrivent de la ville…
La poussière qu'un peu de brise soulevait,
Quittant l'arbre mouvant et las qu'elle revêt,
Redescend doucement sur les chemins tranquilles ;

Nous avons tous les jours l'habitude de voir
Cette route si simple et si souvent suivie,
Et pourtant quelque chose est changé dans la vie ;
Nous n'aurons plus jamais notre âme de ce soir…

ANNA DE NOAILLES, *Le Cœur innombrable*.

Le boulevard

La fraîcheur vive du boulevard pourri d'automne. Les larges feuilles des platanes dégringolent. C'est un écroulement imprévu et bizarre dans la lumière croisée des lampes à arc. Il tombe une petite pluie menue, serrée que le vent incline parfois sur les visages. La nuit est parfumée de l'odeur des feuillages gâtés : elle sent encore l'ambre, l'œillet, la poudre, le fard et le caoutchouc des imperméables.

FRANCIS CARCO, *Instincts*.

La ville

L'ardoise couvre leurs toitures, ou bien la tuile où végètent les mousses.

Leur haleine se déverse par le canal des cheminées.

Graisses !

Odeur des hommes pressés, comme d'un abattoir fade ! aigres corps des femmes sous les jupes !

Ô Ville sur le ciel !

Graisses ! haleines reprises, et la fumée d'un peuple très suspect – car toute ville ceint l'ordure.

Sur la lucarne de l'échoppe – sur les poubelles de l'hospice – sur l'odeur de vin bleu du quartier des matelots – sur la fontaine qui sanglote dans les cours de police – sur les statues de pierre blette et sur les chiens errants – sur le petit enfant qui siffle, et le mendiant dont les joues tremblent au creux des mâchoires,

sur la chatte malade qui a trois plis au front,

le soir descend, dans la fumée des hommes…

– La Ville par le fleuve coule à la mer comme un abcès…

Crusoé ! – ce soir près de ton Île, le ciel qui se rapproche louangera la mer, et le silence multipliera l'exclamation des astres solitaires.

Tire les rideaux ; n'allume point :

C'est le soir sur ton Île et à l'entour, ici et là, partout où s'arrondit le vase sans défaut de la mer ; c'est le soir couleur de paupières, sur les chemins tissés du ciel et de la mer.

Tout est salé, tout est visqueux et lourd comme la vie des plasmes.

L'oiseau se berce dans sa plume, sous un rêve huileux ;

le fruit creux, sourd d'insectes, tombe dans l'eau des criques, fouillant son bruit.

L'île s'endort au cirque des eaux vastes, lavée des courants chauds et des laitances grasses, dans la fréquentation des vases somptueuses.

Sous les palétuviers qui la propagent, des poissons lents parmi la boue ont délivré des bulles avec leur tête plate ; et d'autres qui sont lents, tachés comme des reptiles, veillent. – Les vases sont fécondées – Entends claquer les bêtes creuses dans leurs coques – Il y a sur un morceau de ciel vert une fumée hâtive qui est le vol emmêlé des moustiques – Les criquets sous les feuilles s'appellent doucement – Et d'autres bêtes qui sont douces, attentives au soir, chantent un chant plus pur que l'annonce des pluies : c'est la déglutition de deux perles gonflant leur gosier jaune…

Vagissement des eaux tournantes et lumineuses !

Corolles, bouches des moires : le deuil qui point et s'épanouit ! Ce sont de grandes fleurs mouvantes en voyage, des fleurs vivantes à jamais, et qui ne cesseront de croître par le monde…

Ô la couleur des brises circulant sur les eaux calmes,
les palmes des palmiers qui bougent !

Et pas un aboiement lointain de chien qui signifie la hutte ; qui signifie la hutte et la fumée du soir et les trois pierres noires sous l'odeur de piment.

Mais les chauves-souris découpent le soir mol à petits cris.

Joie ! ô joie déliée dans les hauteurs du ciel !

… Crusoé ! tu es là ! Et ta face est offerte aux signes de la nuit, comme une paume renversée.

SAINT-JOHN PERSE, *Éloges*, « Images à Crusoé ».

L'odeur est l'intelligence des fleurs.

HENRY DE MONTHERLANT

Tantôt il boit une goulée d'air et ça va, tantôt une goulée d'eau et ça va aussi, car il y a dans l'eau un grand visage de femme qui rit, avec deux canines très pointues sous les lèvres.

Et il a été jeté par-dessus le second rebord comme un paquet.

Il a roulé sans plus combattre sur la dernière pente. Il a roulé, mélangé avec de l'eau et de la mousse et la maison aux soldats, et la carne qui pourrissait à la porte comme des fleurs. Elles s'élargissent dans sa tête, ces fleurs de sang et de pus, pleines de mouches.

Des mouches d'or dans ses yeux.

Il semble que l'eau lui ferme la bouche avec un paquet de tripes froides.

Et il a fait, à la fin, le grand saut dans la cuve.

Depuis un moment, il a recommencé à vivre, mais il a gardé les yeux fermés.

Il est venu un grand bruit doux et une fraîcheur : plusieurs voix d'arbres qui parlaient ensemble. Il s'est dit : c'est le vent. C'est de là qu'il a recommencé à vivre.

Il a reconnu la nuit au goût de l'air dans son nez. Alors, il a ouvert les yeux mais il n'avait pas pensé à la lune et la grande lune entre dans ses yeux sensibles comme un couteau. Il a vite fermé les yeux, mais, quand même, à la volée, il a vu que sa tête était au milieu de l'herbe. Qu'est-ce qu'il fait là ? Il est resté un bon moment à se le demander puis il a reconnu le goût de sa bouche. C'était une odeur de boue et de mousse d'eau. Il a bougé doucement sa langue et ses mâchoires comme pour mâcher cette odeur et voir au fond si ça ne ferait pas souvenir de quelque chose. Il y a des petits grains de sable qui ont grincé entre ses dents.

JEAN GIONO, *Regain*.

La lumière du ciel à Rancy, c'est la même qu'à Détroit, du jus de fumée qui trempe la plaine depuis Levallois. Un rebut de bâtisses tenues par des gadoues noires au sol. Les cheminées, des petites et des hautes, ça fait pareil de loin qu'au bord de la mer les gros piquets dans la vase. Là-dedans, c'est nous.

Faut avoir le courage des crabes aussi, à Rancy, surtout quand on prend de l'âge et qu'on est bien certain d'en sortir jamais plus. Au bout du tramway voici le pont poisseux qui se lance au-dessus de la Seine, ce gros égout qui montre tout. Au long des berges, le dimanche et la nuit les gens grimpent sur les tas pour faire pipi. Les hommes ça les rend méditatifs de se sentir devant l'eau qui passe. Ils urinent avec un sentiment d'éternité, comme des marins. Les femmes, ça ne médite jamais. Seine ou pas. Au matin donc le tramway emporte sa foule se faire comprimer dans le métro. On dirait à les voir tous s'enfuir de ce côté-là, qu'il leur est arrivé une catastrophe du côté d'Argenteuil, que c'est leur pays qui brûle. Après chaque aurore, ça les prend, ils s'accrochent par grappes aux portières, aux rambardes. Grande déroute. C'est pourtant qu'un patron qu'ils vont chercher dans Paris, celui qui vous sauve de crever de faim, ils ont énormément peur de le perdre, les lâches. Il vous la fait transpirer pourtant sa pitance. On en pue pendant dix ans, vingt ans et davantage. C'est pas donné. [...]

Comprimés comme des ordures qu'on est dans la caisse en fer, on traverse tout Rancy, et on odore ferme en même temps, surtout quand c'est l'été. Aux fortifications on se menace, on gueule un dernier coup et puis on se perd de vue, le métro avale tous et tout, les complets détrempés, les robes découragées, bas de soie, les métrites et les pieds sales comme des chaussettes, cols inusables et raides comme des termes, avortements en cours, glorieux de la guerre, tout ça dégouline par l'escalier au coaltar et phéniqué et jusqu'au bout noir, avec le billet de retour qui coûte autant à lui tout seul que deux petits pains. [...]

La ville cache tant qu'elle peut ses foules de pieds sales dans ses longs égouts électriques. Ils ne revenaient à la surface que le dimanche. Alors, quand ils seront dehors faudra pas se montrer. Un seul dimanche à les voir se distraire, ça suffirait pour vous enlever à toujours le goût de la rigolade. Autour du métro, près des bastions croustille, endémique, l'odeur des guerres qui traînent, des relents de villages mi-brûlés, mal cuits, des révolutions qui avortent, des commerces en faillite. Les chiffonniers de la zone brûlent depuis des saisons les mêmes petits tas humides dans les fossés à contrevent. C'est des barbares à la manque ces biffins pleins de litrons et de fatigue. Ils vont tousser au Dispensaire d'à côté, au lieu de balancer les tramways dans les glacis et d'aller pisser dans l'octroi un bon coup. Plus de sang. Pas d'histoires. Quand la guerre elle reviendra, la prochaine, ils feront encore une fois fortune à vendre des peaux de rats, de la cocaïne et des masques en tôle ondulée.

LOUIS-FERDINAND CÉLINE, *Voyage au bout de la nuit.*

Les terrasses de ce Vala étaient couvertes d'oliviers à quatre ou cinq troncs, plantés en rond. Ils se penchaient un peu en arrière pour avoir la place d'épanouir leurs feuillages qui formaient un seul bouquet. Il y avait aussi des amandiers d'un vert tendre, et des abricotiers luisants.

Je ne savais pas les noms de ces arbres, mais je les aimai aussitôt.

Entre eux, la terre était inculte, et couverte d'une herbe jaune et brune dont le paysan nous apprit que c'était de la « baouco ». On aurait dit du foin séché, mais c'est là son teint naturel. Au printemps, pour participer à l'allégresse générale, elle fait un effort et verdit faiblement. Mais malgré cette pauvre mine, elle est vivace et vigoureuse, comme toutes les plantes qui ne servent à rien.

C'est là que je vis pour la première fois des touffes d'un vert sombre qui émergeaient de cette « baouco » et qui figuraient des oliviers en miniature. Je quittai le chemin, je courus toucher leurs petites feuilles. Un parfum puissant s'éleva comme un nuage, et m'enveloppa tout entier.

C'était une odeur inconnue, une odeur sombre et soutenue, qui s'épanouit dans ma tête et pénétra jusqu'à mon cœur.

C'était le thym, qui pousse au gravier des garrigues : ces quelques plantes étaient descendues à ma rencontre, pour annoncer au petit écolier le parfum futur de Virgile.

J'en arrachai quelques brindilles, et je rejoignis la charrette en les tenant sous mes narines.

– Qu'est-ce que c'est ? dit ma mère.

Elle les prit, respira profondément :

– C'est du thym frais, dit-elle. On fera des civets merveilleux.

– Du thym ? dit François avec un certain mépris. Il vaut bien mieux le pèbre d'aï...

– Qu'est-ce que c'est ?

– C'est comme une espèce de thym, et en même temps c'est une espèce de menthe. Mais ça ne peut pas se dire : je vous en ferai voir !

Il parla ensuite de la marjolaine, du romarin, de la sauge, du fenouil. Il fallait en « bourrer le ventre de la lièvre », ou bien « le hacher finfinfin », avec « un gros bout de lard gras ».

Ma mère écoutait, très intéressée. Moi, je flairais les brindilles sacrées, et j'avais honte.

Le chemin montait toujours, franchissant de temps à autre un petit plateau. En regardant en arrière, on voyait la longue vallée de l'Huveaune, sous une traînée vaporeuse, qui allait jusqu'à la mer brillante.

MARCEL PAGNOL, *La Gloire de mon père*.

Sans descendre jusqu'au fond du vallon, je suivis sur la gauche le pied de la barre, et je vis bientôt ce que je cherchais : une longue bande de thym, qui fleurissait très avant l'été, à l'ombre de la roche fraîche.

J'en arrachai sans peine quelques belles touffes et je les liai l'une après l'autre le long d'une ficelle, dont je nouai ensuite les deux bouts, pour m'en faire un baudrier.

Ainsi équipé, je descendis vers la « planette », et je plongeai sous les ombelles à grains d'or d'une forêt de fenouils. Ils étaient bien plus grands que moi, je ne voyais pas à un mètre. Je me mis donc à quatre pattes, et j'imaginai, pendant un moment, que j'étais une fourmi dans un pré, afin de me faire une idée des sentiments – et peut-être de la philosophie – de ces mystérieux insectes.

Puis, avec mon couteau de berger, je tranchai à ras de terre les plus tendres pousses ; je fus aussitôt entouré par une délicieuse odeur verte, celle des berlingots à l'anis. Je liai ces tiges d'une autre ficelle ; puis, ma botte de fenouils sous le bras, ma guirlande de thym en bandoulière, et mon précieux bâton à la main, je sortis de l'odorante forêt, pour rendre visite à la vigne solitaire.

MARCEL PAGNOL, *Le Temps des secrets.*

C’est au mois de mars que commença l’affaire des « boules puantes ».

Ces boules n’étaient que de grosses larmes de verre, pleines d’un liquide jaunâtre, dont je sus plus tard que c’était de l’hydrogène sulfuré. Elles se brisaient au moindre choc, et empoisonnaient immédiatement l’atmosphère d’une épouvantable odeur.

Le premier lanceur de boules puantes, je veux dire le premier de cette année-là dont l’exploit eût fait quelque bruit, fut un certain Barbot, de quatrième B, qui réussit – sans le vouloir – un coup de maître, car le fragile projectile (qui ne visait rien d’autre qu’un point de chute quelconque) explosa sur le sommet du crâne de Tignasse, dont la longue chevelure en fut si merveilleusement empestée qu’il dut se résigner à la sacrifier, et à nous révéler ainsi son véritable visage, c’est-à-dire une aimable bille de clown.

Cet exploit resta anonyme, mais la gloire de Barbot fut grande chez les initiés. C’est pourquoi Soliman, un Turc de cinquième B, voulut le dépasser, par l’ingénieux emploi d’une technique nouvelle. Il l’expérimenta pendant la classe de M. Verdot, un professeur de mathématiques au visage grave et triste, dont on ne savait rien encore, car il venait d’un autre lycée. On disait que nul ne l’avait vu sourire, et on l’appelait Funérailles.

Soliman, qui semblait disposer de capitaux importants, acheta (au bazar de la rue Sibié) cinq boules puantes d’une exceptionnelle grosseur. Mais au lieu de lancer tout bêtement ces capsules (opération dangereuse, et de plus indélicate, car elle peut faire condamner un voisin innocent) il se glissa dans la classe avant l’heure, et les disposa en quinconce sous la chaire, aux endroits où Funérailles poserait probablement ses pieds, qui étaient grands.

– Comme ça, avait annoncé Soliman, c'est lui qui en profitera le premier !

Ces conjectures se révélèrent justes.

Dès que la classe fut installée, Funérailles monta prendre place à la chaire, et inaugura sa leçon par la récitation, *ex abrupto*, du théorème de Pythagore. Mais au moment même où il prononçait le fameux « si je ne m'abuse », ce clou d'or auquel reste accroché dans nos mémoires le carré de l'hypoténuse, on entendit un léger craquement, amplifié par le bois sonore de l'estrade.

Funérailles ne s'abusa pas davantage : il baissa le nez, flaira l'air et, pour la première fois, on vit paraître sur son visage le sourire émerveillé de la Pythie, car il était comme elle (ou comme un jambon fumé) juste au-dessus de la source d'un flot montant d'odorantes vapeurs. Sans hâte, et toujours souriant ineffablement, il repoussa sa chaise en arrière, regarda le plancher sous sa chaire, puis se baissa à quatre reprises et déposa devant lui quatre capsules intactes. Alors, promenant sur la classe un sourire effroyablement amical, il dit dans un silence épouvanté :

– Il y a dans cette classe quelqu'un qui sait que j'adore le parfum puissant de l'hydrogène sulfuré (H^2S) et qui m'a fait ce présent quintuple. Je ne veux pas connaître son nom, mais je le remercie cordialement. Surtout que personne n'ouvre les fenêtres, afin de ne pas gâter notre plaisir !

Il se leva et, devant la classe glacée de stupeur, il lança tout à tour les quatre boules contre le mur du fond : elles firent quatre taches grises, en forme de soleils stylisés.

Il se rassit, flaira l'air d'un nez gourmand et enchaîna, sur un ton plaisant :

« Est égal, si je ne m'abuse,
« À la somme des carrés
« Construits sur les autres côtés. »

Sans la moindre enquête, sans poser une seule question, il fit une brillante leçon d'une heure entière.

C'est à la sortie que Soliman reçut la récompense de son invention, car les externes, le nez rouge, les yeux larmoyants, et comme enivrés par cette longue puanteur, le reconduisirent, à grands coups de pied au derrière, jusqu'à l'escalier de l'internat.

MARCEL PAGNOL, *Le Temps des amours.*

Sources des textes

GUILLAUME APPOLINAIRE
Poèmes à Lou, © Éditions Gallimard.

NICOLAS BOUVIER
L'Usage du monde, © 1985, Éditions de la Découverte,
avec l'aimable autorisation d'Éliane Bouvier.

FRANCIS CARCO
Instincts, © Albin Michel,
avec l'aimable autorisation des Éditions Albin Michel.

LOUIS-FERDINAND CÉLINE
Voyage au bout de la nuit, © Éditions Gallimard.

ALBERT COHEN
Le Livre de ma mère, © Éditions Gallimard.

COLETTE
Les Vrilles de la vigne, © Éditions Fayard.
Sido, © Éditions Fayard.

GEORGES FOUREST
La Négresse blonde, © José Corti.

ANDRÉ GIDE
Le Voyage d'Urien, © Éditions Gallimard.
Les Nourritures terrestres, © Éditions Gallimard.

JEAN GIONO
Un de Baumugnes, © Grasset.
Regain, © Grasset.

GÜNTER GRASS
Le Tambour, © Éditions du Seuil, 1961, pour la traduction française, coll. « Points », 1997.

HERMANN HESSE
Le Dernier été de Klingsor, © Calmann-Lévy, 1973.

FRANÇOIS MAURIAC
Commencements d'une vie, © Grasset.

MARCEL PAGNOL
La Gloire de mon père, © Éditions Bernard de Fallois.
Le Temps des secrets, © Éditions Bernard de Fallois.
Le Temps des amours, © Éditions Bernard de Fallois.

RAYMOND QUENEAU
Zazie dans le métro, © Éditions Gallimard.

LEOPOLD SEDAR SENGHOR
« Je lis Miroirs », *Lettres d'hivernage* (1972) *in* « Chants pour signare (pour deux flûtes) ».
Nocturnes, (1961) in *Œuvre poétique*, © Éditions du Seuil, 1964, 1973, 1979, 1984 et 1990.

SAINT-JOHN PERSE
Éloges, © Éditions Gallimard.

BORIS VIAN
L'Écume des jours, © Éditions Fayard.

MARGUERITE YOURCENAR
Mémoires d'Hadrien, © Éditions Gallimard.

DU MÊME AUTEUR

L'Admiroir
roman
Seuil, 1976
et « Points » n° P438

Le Nez de Mazarin
roman
Seuil, 1986
et « Points » n° P86

Le Voile noir
Seuil, 1992
et « Points » n° P146

Je vous écris...
Seuil, 1993
et « Points » n° P147

Lucien Legras, photographe inconnu
présentation de Patricia Legras
et Anny Duperey
Seuil, 1993

Les Chats de hasard
Seuil, 1999
et « Points » n° P853

Allons voir plus loin, veux-tu ?
roman
Seuil, 2002
et « Points » n° P1136

Les Chats mots
textes choisis
Ramsay, 2003
et « Points » n° P1264

Une soirée
roman
Seuil, 2005 et « Points » n° P1424

COMPOSITION : I.G.S. CHARENTE PHOTOGRAVURE À L'ISLE D'ESPAGNAC

GROUPE CPI

Achevé d'imprimer en mars 2007
par **BUSSIÈRE**
à Saint-Amand-Montrond (Cher)
N° d'édition : 90385. - N° d'impression : 70373.
Dépôt légal : avril 2007.
Imprimé en France

Collection Points

DERNIERS TITRES PARUS

P1544. Motamorphoses. À chaque mot son histoire
Daniel Brandy
P1545. L'habit ne fait pas le moine. Petite histoire des expressions
Gilles Henry
P1546. Petit fictionnaire illustré. Les mots qui manquent au dico
Alain Finkielkraut
P1547. Le Pluriel de bric-à-brac et autres difficultés
de la langue française, *Irène Nouailhac*
P1548. Un bouquin n'est pas un livre. Les nuances des synonymes
Rémi Bertrand
P1549. Sans nouvelles de Gurb, *Eduardo Mendoza*
P1550. Le Dernier Amour du président, *Andreï Kourkov*
P1551. L'Amour, soudain, *Aharon Appelfeld*
P1552. Nos plus beaux souvenirs, *Stewart O'Nan*
P1553. Saint-Sépulcre !, *Patrick Besson*
P1554. L'Autre comme moi, *José Saramago*
P1555. Pourquoi Mitterrand ?, *Pierre Joxe*
P1556. Pas si fous ces Français !
Jean-Benoît Nadeau et Julie Barlow
P1557. La Colline des Anges
Jean-Claude Guillebaud et Raymond Depardon
P1558. La Solitude heureuse du voyageur
précédé de Notes, *Raymond Depardon*
P1559. Hard Revolution, *George P. Pelecanos*
P1560. La Morsure du lézard, *Kirk Mitchell*
P1561. Winterkill, *C.J. Box*
P1562. La Morsure du dragon, *Jean-François Susbielle*
P1563. Rituels sanglants, *Craig Russell*
P1564. Les Écorchés, *Peter Moore Smith*
P1565. Le Crépuscule des géants. Les Enfants de l'Atlantide III
Bernard Simonay
P1566. Aara. Aradia I, *Tanith Lee*
P1567. Les Guerres de fer. Les Monarchies divines III
Paul Kearney
P1568. La Rose pourpre et le Lys, tome 1, *Michel Faber*
P1569. La Rose pourpre et le Lys, tome 2, *Michel Faber*
P1570. Sarnia, *G.B. Edwards*
P1571. Saint-Cyr/La Maison d'Esther, *Yves Dangerfield*
P1572. Renverse du souffle, *Paul Celan*
P1573. Pour un tombeau d'Anatole, *Stéphane Mallarmé*
P1574. 95 poèmes, *E.E. Cummings*
P1575. Le Dico des mots croisés.
8000 définitions pour devenir imbattable, *Michel Laclos*

P1576. Les deux font la paire.
Les couples célèbres dans la langue française, *Patrice Louis*
P1577. C'est la cata. Petit manuel du français maltraité
Pierre Bénard
P1578. L'Avortement, *Richard Brautigan*
P1579. Les Braban, *Patrick Besson*
P1580. Le Sac à main, *Marie Desplechin*
P1581. Nouvelles du monde entier, *Vincent Ravalec*
P1582. Le Sens de l'arnaque, *James Swain*
P1583. L'Automne à Cuba, *Leonardo Padura*
P1584. Le Glaive et la Flamme. La Saga du Roi Dragon III
Stephen Lawhead
P1585. La Belle Arcane. La Malerune III
Michel Robert et Pierre Grimbert
P1586. Femme en costume de bataille, *Antonio Benitez-Rojo*
P1587. Le Cavalier de l'Olympe. Le Châtiment des Dieux II
François Rachline
P1588. Le Pas de l'ourse, *Douglas Glover*
P1589. Lignes de fond, *Neil Jordan*
P1590. Monsieur Butterfly, *Howard Buten*
P1591. Parfois je ris tout seul, *Jean-Paul Dubois*
P1592. Sang impur, *Hugo Hamilton*
P1593. Le Musée de la sirène, *Cypora Petitjean-Cerf*
P1594. Histoire de la gauche caviar, *Laurent Joffrin*
P1595. Les Enfants de chœur (Little Children), *Tom Perrotta*
P1596. Les Femmes politiques, *Laure Adler*
P1597. La Preuve par le sang, *Jonathan Kellerman*
P1598. La Femme en vert, *Arnaldur Indridason*
P1599. Le Che s'est suicidé, *Petros Markaris*
P1600. Les Nouvelles Enquêtes du juge Ti, vol. 3
Le Palais des courtisanes, *Frédéric Lenormand*
P1601. Trahie, *Karin Alvtegen*
P1602. Les Requins de Trieste, *Veit Heinichen*
P1603. Pour adultes seulement, *Philip Le Roy*
P1604. Offre publique d'assassinat, *Stephen W. Frey*
P1605. L'Heure du châtiment, *Eileen Dreyer*
P1606. Aden, *Anne-Marie Garat*
P1607. Histoire secrète du Mossad, *Gordon Thomas*
P1608. La Guerre du paradis. Le Chant d'Albion I
Stephen Lawhead
P1609. La Terre des Morts. Les Enfants de l'Atlantide IV
Bernard Simonay
P1610. Thenser. Aradia II, *Tanith Lee*
P1611. Le Petit Livre des gros câlins, *Kathleen Keating*
P1612. Un soir de décembre, *Delphine de Vigan*
P1613. L'Amour foudre, *Henri Gougaud*
P1614. Chaque jour est un adieu *suivi de* Un jeune homme est passé
Alain Rémond

P1615. Clair-obscur, *Jean Cocteau*
P1616. Chihuahua, zébu et Cie.
L'étonnante histoire des noms d'animaux
Henriette Walter et Pierre Avenas
P1617. Les Chaussettes de l'archiduchesse et autres défis de la prononciation
Julos Beaucarne et Pierre Jaskarzec
P1618. My rendez-vous with a femme fatale.
Les mots français dans les langues étrangères
Franck Resplandy
P1619. Seulement l'amour, *Philippe Ségur*
P1620. La Jeune Fille et la Mère, *Leïla Marouane*
P1621. L'Increvable Monsieur Schneck, *Colombe Schneck*
P1622. Les Douze Abbés de Challant, *Laura Mancinelli*
P1623. Un monde vacillant, *Cynthia Ozick*
P1624. Les Jouets vivants, *Jean-Yves Cendrey*
P1625. Le Livre noir de la condition des femmes
Christine Ockrent (dir.)
P1626. Comme deux frères, *Jean-François Kahn et Axel Kahn*
P1627. Equador, *Miguel Sousa Tavares*
P1628. Du côté où se lève le soleil, *Anne-Sophie Jacouty*
P1629. L'Affaire Hamilton, *Michelle De Kretser*
P1630. Une passion indienne, *Javier Moro*
P1631. La Cité des amants perdus, *Nadeem Aslam*
P1632. Rumeurs de haine, *Taslima Nasreen*
P1633. Le Chromosome de Calcutta, *Amitav Ghosh*
P1634. Show business, *Shashi Tharoor*
P1635. La Fille de l'arnaqueur, *Ed Dee*
P1636. En plein vol, *Jan Burke*
P1637. Retour à la Grande Ombre, *Hakan Nesser*
P1638. Wren. Les Descendants de Merlin I, *Irene Radford*
P1639. Petit manuel de savoir-vivre à l'usage des enseignants
Boris Seguin, Frédéric Teillard
P1640. Les Voleurs d'écritures *suivi de* Les Tireurs d'étoiles
Azouz Begag
P1641. L'Empreinte des dieux. Le Cycle de Mithra I
Rachel Tanner
P1642. Enchantement, *Orson Scott Card*
P1643. Les Fantômes d'Ombria, *Patricia A. McKillip*
P1644. La Main d'argent. Le Chant d'Albion II
Stephen Lawhead
P1645. La Quête de Nifft-le-mince, *Michael Shea*
P1646. La Forêt d'Iscambe, *Christian Charrière*
P1647. La Mort du Nécromant, *Martha Wells*
P1648. Si la gauche savait, *Michel Rocard*
P1649. Misère de la Ve République, *Bastien François*

P1650. Photographies de personnalités politiques
Raymond Depardon
P1651. Poèmes païens de Alberto Caeiro et Ricardo Reis
Fernando Pessoa
P1652. La Rose de personne, *Paul Celan*
P1653. Caisse claire, poèmes 1990-1997, *Antoine Emaz*
P1654. La Bibliothèque du géographe, *Jon Fasman*
P1655. Parloir, *Christian Giudicelli*
P1656. Poils de Cairote, *Paul Fournel*
P1657. Palimpseste, *Gore Vidal*
P1658. L'Épouse hollandaise, *Eric McCormack*
P1659. Ménage à quatre, *Manuel Vázquez Montalbán*
P1660. Milenio, *Manuel Vázquez Montalbán*
P1661. Le Meilleur de nos fils, *Donna Leon*
P1662. Adios Hemingway, *Leonardo Padura*
P1663. L'avenir c'est du passé, *Lucas Fournier*
P1664. Le Dehors et le dedans, *Nicolas Bouvier*
P1665. Partition rouge
poèmes et chants des indiens d'Amérique du Nord
Jacques Roubaud, Florence Delay
P1666. Un désir fou de danser, *Elie Wiesel*
P1667. Lenz, *Georg Büchner*
P1668. Resmiranda. Les Descendants de Merlin II, *Irene Radford*
P1669. Le Glaive de Mithra. Le Cycle de Mithra II, *Rachel Tanner*
P1670. Phénix vert. Trilogie du Latium I, *Thomas B. Swann*
P1671. Essences et parfums, *Anny Duperey*
P1672. Naissances, *Collectif*
P1673. L'Évangile une parole invincible, *Guy Gilbert*
P1674. L'époux divin, *Fransisco Goldman*
P1675. Petit dictionnaire des étymologies curieuses
Pierre Larousse
P1676. Facéties et Cocasseries du français, *Jean-Loup Chiflet*
P1677. Ça coule sous le sens, expression mêlées
Olivier Marchon
P1678. Le Retour du professeur de danse, *Henning Mankell*
P1679. Romanzo Criminale, *Giancarlo de Cataldo*
P1680. Ciel de sang, *Steve Hamilton*
P1681. Ultime Témoin, *Jilliane Hoffman*
P1682. Los Angeles, *Peter Moore Smith*
P1683. Encore une journée pourrie
ou 365 bonnes raisons de rester couché, *Pierre Enckell*
P1684. Chroniques de la haine ordinaire 2, *Pierre Desproges*
P1685. Desproges, portrait, *Marie-Ange Guillaume*
P1686. Les Amuse-Bush, *Collectif*
P1687. Mon valet et moi, *Hervé Guibert*
P1688. T'es pas mort !, *Antonio Skármeta*
P1689. En la forêt de Longue Attente.
Le roman de Charles d'Orléans, *Hella S. Haasse*